安徽省哲学社会科学规划重点项目

# 大自然文学论纲

## DAZIRAN WENXUE LUNGANG

赵凯 等著

时代出版传媒股份有限公司
安徽文艺出版社

**图书在版编目（ＣＩＰ）数据**

大自然文学论纲/赵凯等著. —合肥：安徽文艺出版社，2020.8
（2024.11 重印）
ISBN 978-7-5396-6941-0

Ⅰ．①大… Ⅱ．①赵… Ⅲ．①中国文学－当代文学－
文学评论 Ⅳ．①I206.7

中国版本图书馆 CIP 数据核字(2020)第 077087 号

出 版 人：姚 巍　　　　　　　　　　统 　筹：宋晓津
责任编辑：宋晓津　成 怡　　　　　装帧设计：徐 睿
......................................................................................

出版发行：安徽文艺出版社　　www.awpub.com
地　　址：合肥市翡翠路 1118 号　　邮政编码：230071
营 销 部：(0551)63533889
印　　制：三河市兴国印务有限公司
......................................................................................

开本：710×1010　1/16　印张：13　字数：180 千字
版次：2020 年 11 月第 1 版
印次：2024 年 11 月第 2 次印刷
定价：49.00 元
......................................................................................

前　言 / 001

第一章　大自然文学概论 / 001

　第一节　中国当代大自然文学的生成和发展 / 002

　　一、大自然文学的意义范畴 / 002

　　二、大自然文学创作现象述评 / 007

　第二节　中国当代大自然文学的审美价值 / 011

　　一、大自然文学文本的叙事特色 / 011

　　二、大自然文学的审美特征 / 014

　第三节　大自然文学的思想基础探寻 / 022

　　一、马克思主义美学中的生态理念 / 022

　　二、中国古代思想中的生态观念 / 028

　　三、西方生态美学理念的借鉴 / 031

第二章　大自然文学的哲学基础 / 036

　第一节　西方哲学与美学资源 / 036

　　一、环境美学与自然文学：呼吁"人的在场性" / 037

　　二、自然美与艺术美的张力：自然文学的审美机制 / 042

　　三、大自然文学与当代美学的突围 / 049

　第二节　中国古代生态智慧 / 052

　　一、"自然"概念辨识 / 052

　　二、中国古代生态美学的主要命题 / 054

　　三、中国传统文艺批评的生态向度 / 059

　第三节　中国当代自然生态审美的理论向度 / 067

　　一、新时期自然生态审美理论的生成语境与问题域 / 068

　　二、自然生态审美中的存在论 / 072

　　三、自然生态审美中的自然美本体论 / 076

目

录

四、自然生态审美中的景观功能论 / 082

五、自然生态审美理论的纵深建构与大自然文学批评 / 085


第三章　大自然文学与马克思主义生态美学思想 / 088

第一节　马克思主义生态美学中"美的规律"在三个范畴的实现 / 088

一、人的范畴 / 090

二、自然的范畴 / 095

三、社会的范畴 / 101

第二节　恩格斯《自然辩证法》中实践理性对生态美学的确证 / 107

一、正当性意义的确证 / 109

二、向善性意义的确证 / 112

三、有效性意义的确证 / 116

第三节　马克思、恩格斯的生态美学逻辑 / 120

一、超脱与回归 / 122

二、无机与有机 / 128

三、文化与科学 / 134


第四章　大自然文学的历史演进与文化传承 / 141

第一节　大自然文学的演变 / 141

一、远古的神话：借想象与幻想征服自然 / 142

二、古代的山水文学：寄情于自然 / 144

三、近代的动物文学：诗化的动物世界 / 147

四、现当代的生态文学与大自然文学：生态道德的呼唤 / 150

第二节　大自然文学审美中的生态道德传承 / 151

一、"文以载道"的审美指向 / 152

二、生态审美的道德养成 / 154

第五章　大自然文学与生态文明／158

　第一节　大自然文学:人与自然关系的审美形式／158

　　一、人与自然关系的历史认知／159

　　二、生态文明时代的必然产物／162

　第二节　新时代生态文明思想与大自然文学的进程／167

　　一、当代中国生态文明建设的理念与实践／168

　　二、生态文明主流价值观与大自然文学／170

　　三、大自然文学在生态文明建设中的作用／176

　第三节　刘先平大自然文学的生态内涵／178

　　一、以生态道德规范人类行为／178

　　二、生态整体观下的环保意识／180

　　三、追寻和谐共生的审美理想／183

参考文献／188

后记／197

# 前　言

随着人口的增长和经济的飞速发展,生态危机日益成为威胁人之生存的重要问题,对人之存在的生态关切成为全球性的共同目标。我国提出建设生态文明的新要求,为我们重新思考人与自然之间的关系提供了新的契机。在这一语境下观照中国当代大自然文学研究,是时代赋予文学研究与批评者的使命,也是建设生态文明的题中之义。中国当代大自然文学流派发端和成熟于安徽,并形成独具特色、在国内外产生重要影响的安徽地域文化品牌,其代表性作家为刘先平。这一具有中国特色、中国气派、中国故事的文学流派对于呼唤生态道德、推动生态文明建设有着建设性价值与意义。从文学理论建构与批评范式的创新层面来看,建立一个大自然文学的解读、阐释、文化衍生的完整体系实属必要,揭示大自然文学流派的历史文化价值、当代审美价值,特别是与生态文明建设之间的学理、逻辑关系,与"美丽中国、美丽安徽"之间的互动关系,更是对生态文明与大自然文学的理论应答。

本书为2016年安徽省哲学社会科学规划重点项目"生态文明视域中的'大自然文学'研究"成果专著,共有五章内容。既有对大自然文学生成与发展的梳理与描述,又有对大自然文学之哲学基础与理论指导的探索与整合,特别是从生态文明的视角对这一文学现象与文学类型加以观照,形成了大自然文学理论建构与演进逻辑的立体图景。

本书首先从宏观上对大自然文学进行了概述,注重了这一文学类型的历时性演变(生成与发展、分期与演变)与共时性建构(意义范畴、叙事特色及审美特征)的统一。同时在第一章本作提纲挈领地从马克思主义、中国古代与西方思想中探寻了大自然文学的思想基础。

哲学基础是大自然文学得以成立的前提,因为它不仅为这一文学样式提供了思想史背景,更在审美机制上凸显出大自然文学的特性与张力。这就使中国当代大自然文学成为"有本之木,有源之水"。概言之,大自然文学的哲学基础可从西方哲学与美学资源、中国古典生态智慧与中国当代自然生态审美思想三个维度来考察。在具体观点上,注意到大自然文学所承载的自然美与艺术美之间的张力。此外,通过对大自然文学这一立足点的考察,可以反思当代环境美学与生态美学在文学批评层面的阐释力。

无论是生态文明建设还是大自然文学批评本身,本书都强调以马克思主义自然观和生态美学思想作为理论指导。如果说第二章哲学基础更多的是普遍性美学观念,那么对于大自然文学的学理建构而言,第三章中马克思、恩格斯的社会存在论与实践理性更有直接的现实指导意义。在马克思主义生态美学的讨论中,我们主要聚焦于"美的规律"命题和《自然辩证法》文本的生态意义挖掘。而在其生态美学逻辑中,则仅仅抓住"超脱与回归""无机与有机""文化与科学"等二律背反,呈现出马克思、恩格斯的生态美学意蕴及对大自然文学研究的启示。

第四章是对中外大自然文学历史演进与文化传承的梳理与描述。这是本书对大自然文学本身的系统呈现,也说明大自然文学既有自身的传统,又根植于特定的文化土壤。其中,关注到当代大自然文学与远古神话、古代山水文学、近代动物文学之间的关联,特别是在此种历史参照中强调当代大自然文学的独特性。相较于其他阶段人与自然的关系,大自然文学的当代性在于对生态道德的呼唤。这一生态道德建基于中外自然伦理之上,可以说,大自然文学所内蕴的生态道德本身即为中国儒、道生态智慧与西方存在论生态哲学的当代传承。

本书将大自然文学研究放在建设生态文明语境中,体现了鲜明的当代意识。第五章对大自然文学与生态文明之间关系的讨论从两个层面展开。一是从生态文明的角度重新审视大自然文学,既可以把文学中人与自然的关系加以反思,又对"文学是人学"命题加以甄别性考察。二是从大自然文学的角度观照中国生态文明建设的理念与践行路径。此外,本书以刘先平大自然文学为个案,细致透彻地分析了大自然文学如何以艺术的形式表达自然审美理想,体现生态道德。

总之,本书致力于研究大自然文学流派的创作规律与审美价值,研究大自然文学与生态文明的关系,研究大自然文学在安徽发端与成熟的历史与地域文化因缘,对于坚持"以人民为中心的创作导向",对于打造"厚重安徽"的文化精品,都具有重要的理论与实践价值。

在理论层面,研究大自然文学可以从新的历史起点上,重新观照"人与自然的关系"这一古老的哲学命题。对这个问题的科学而清晰的阐释,可以帮助我们真正认识人类文明发展的进程,真正自觉理解生态文明建设的重大意义。由此我们可以以新的时代精神与理论视野,寻找"天人合一""天长地久"的中华文化之根脉,并以此丰富和拓展当代文化艺术理论的内涵。在具体观点上,本书首次对大自然文学概念及其审美特征加以界定,开创了这一文学类型的理论探究。这一探究是立体的,是对中西生态智慧加以辨识,开拓了这一问题的新视野。在研究中,本书坚持历史与逻辑的统一,理论建构与文本批评并重。

在实践应用方面,研究大自然文学,可以提升人们的生态道德意识,帮助人们热爱祖国的自然山水,让人们从大自然文学中看到"美丽中国""美丽安徽"。同时对大自然文学文本的深度研究,可以树立传播安徽文化品牌,并以此为契机,为新时代艺术(如影视剧、动漫产业等)提供文学基础。

# 第一章　大自然文学概论

习近平同志在中国共产党第十九次全国代表大会上的报告中指出："人与自然是生命共同体，人类必须尊重自然、顺应自然、保护自然。人类只有遵循自然规律才能有效防止在开发利用自然上走弯路，人类对大自然的伤害最终会伤及人类自身，这是无法抗拒的规律。"[①]可见，科学认识人与自然休戚与共的规律性联系，从物质和精神上牢固构筑人与自然是和谐发展的生命共同体，是对人类社会发展规律的依循，也是新时代的使命与担当。我们正是在这种意义与视域下，来回顾与探讨中国当代文学史上所出现的"大自然文学"现象。因为大自然文学的题材设定、伦理维度与审美理想，都与人与自然关系的重构息息相关，包孕着丰富而生动的生态文明建设内涵，是人与自然生命共同体的重要的文学审美显现。

---

① 习近平：《决胜全面建成小康社会　夺取新时代中国特色社会主义伟大胜利——在中国共产党第十九次全国代表大会上的报告》，北京：人民出版社，2017 年。

## 第一节　中国当代大自然文学的生成和发展

### 一、大自然文学的意义范畴

与中国当代文学中诸多的生态文学现象不同的是,大自然文学从一开始就有着鲜明的创作践行与理念倡导的标识。安徽作家刘先平是中国现代意义上的大自然文学的开拓者。刘先平从 1978 年开始创作的野生世界探险长篇小说系列《云海探奇》《呦呦鹿鸣》《千鸟谷追踪》《大熊猫传奇》以及大自然探险系列散文《山野寻趣》等,可以看作中国现代意义上大自然文学的奠基之作。这以后所写的长篇纪实文学《走进帕米尔高原》《美丽的西沙群岛》《追梦珊瑚》等作品,则是刘先平大自然文学创作日益走向成熟的标志。这些作品不仅自觉地彰显了呼唤生态道德、人与自然和谐共存的"生态整体主义"的美学理念,而且在创作实践中逐渐摸索出大自然文学写作的"跨文体"特质,从而使大自然文学终于形成从创作理念、表现形式到审美理想上品质纯粹、风格独特的当代文学流派。著名文学评论家、北京师范大学教授浦漫汀对此有着高度的评价:"以崭新的人与自然的关系审美,写出的是最新的大自然文学,有鲜明的特点,是中国的大自然文学。"[1]著名文学评论家曾镇南指出:"刘先平以一部又一部描绘大自然的小说和散文作品在当代文坛上异军突起。他立志'创作具有中国特色的大自然文学,将中国的

---

[1]　安徽大学大自然文学研究所:《大自然文学研究》首卷,合肥:安徽人民出版社,2013 年,第 8 页。

大自然、丰富多彩的野生生物世界谱写成壮美的诗篇、回荡在天宇的乐章'。新出版的'大自然探险系列'丛书,就是他践履自己的文学宿志的一个最新的成果。"①著名文学评论家束沛德将大自然文学称为世纪之交中国儿童文学的"三面美学旗帜"(大自然文学、大幻想文学、幽默文学)之一。② 北京师范大学王泉根教授在概括刘先平大自然文学40年创作时,认为其有三个维度和特点:"第一个维度与特点,从人类的中心主义和人类中心论走向地球中心主义和地球中心论。我认为这是大自然文学的发展趋向,也是刘先平大自然文学非常有特色的文学坐标。……第二个维度和特点是,直面现实,基于忧患,坚守现实主义精神的大自然文学的美学取向。……第三个维度和特点是,大自然文学是一种特殊的文学类型,这种特殊性体现在它是跨文化的对话、跨代际的沟通、跨文体的写作。"③这些研究成果集中形成这样一些共识:大自然文学形成具有中国特色、中国气派和中国故事的文学流派;刘先平以自己40年的坚守与践行,自然成为中国现代意义上大自然文学的代表作家;大自然文学的优秀作品对于拓宽当代文学的审美领域,呼唤生态道德,推动生态文明建设具有重要的价值与意义。

大自然文学所以能在当代中国众多的生态文学写作中独树一帜,不仅在于其鲜明的审美价值取向,还得力于其文学叙事主体的定位。大自然文学是以大自然为原创母题的,关注人与自然的依存关系;中国

---

① 安徽大学大自然文学研究所:《大自然文学研究》首卷,合肥:安徽人民出版社,2013年,第151页。

② 束沛德:《新景观大趋势——世纪之交中国儿童文学扫描》,《文艺报》,2002年1月1日。

③ 赵凯主编:《大自然文学研究》第3卷,合肥:安徽文艺出版社,2018年,第124~126页。

古典哲学中"天人合一"的境界、当代西方文化中"生态整体主义"的美学理念对大自然文学的生成与发展都产生了重要的影响。何谓大自然文学？刘先平有着自己的文学独白："现代意义上的大自然文学是以大自然为题材,观照人类生存本身,追求人与自然的和谐。"与其他生态文学现象（如环保文学、动物小说等）不同的是,以刘先平为代表的大自然文学作家的创作,特别注重从作家个人自然探险出发,集中选择以纪实文学文体叙事,更加自觉地以文学审美实践来呼唤当代社会的生态道德。

大自然文学应该具有这样两个基本的历史背景与学理前提。第一,它是对现代文明造成的人类生态危机的深刻反省与理性批判。英国哲学家阿诺德·汤因比指出："人类将会杀害大地母亲,抑或将使她得到拯救？如果滥用日益增长的技术力量,人类将置大地母亲于死地;如果克服了那导致自我毁灭的放肆的贪欲,人类则能够使她重返青春,而人类的贪欲正在使伟大母亲的生命之果——包括人类在内的一切生命付出代价。何去何从,这就是今天人类所面临的斯芬克斯之谜。"① 现代工业文明以降,人类凭借科学与技术,推动了大工业生产,获得了巨大的物质财富,但由于大规模开发与改造自然,也给地球的生态环境带来了灾难性的后果:地球植被遭受严重破坏,海啸、地震等灾害频发,生态危机成为全人类面临的生存威胁,"当人类把天然林中的第一株大树砍倒在地,文明便宣告开始了;当最后一株被砍倒在地,文明即宣告结束"②。对人与自然关系的重新思考成为时代的课题。从这个意义上

① 〔英〕阿诺德·汤因比:《人类与大地母亲:一部叙事体世界历史》,徐波等译,上海:上海人民出版社,2001年,第529页。
② 曾繁仁、鲁枢元主编:《生态美学与生态批评通讯》,2015年8月号,第3页。

说,大自然文学的强势呈现,是理性主义文学观念与美学观念的苏醒。第二,艺术审美本体的价值与意义,既是对象又是目的。它表明了当代人类审美观念的重要转型;艺术审美对自然的关注,实际上是对人类前途和命运的关注。鲁枢元曾经指出:"随着'人类纪'的到来,人与自然的关系比以往任何时代都更紧迫、更严峻地摆在我们面前。文学现象以及文学的历史,同样应当在这个统领全局的视域内重新审视。文学不但是人学,同时也应当是人与自然的关系学、人的精神生态学。"①追求真、善、美是文艺永恒的价值,真、善、美是对人类社会的理性认知,是伦理与审美活动的感悟与判断。其中就应包含着人类在物质与精神活动中自觉维系人与自然命运共同体的契约精神与践行思维。

大自然是世界一切生命的绿色家园,曾繁仁先生在评价海德格尔的《存在与时间》时说:在海氏看来,"'家园之美'是大地赠予的人与自然生态的无比亲切难离的关系,是一种特殊的符合人的本己因素的自由自在的'在家'之感,一种没有任何疏离的历史空间。这是对于自然之美的新的见解,说明自然之美绝非实体之美,也非'人化自然'之美而是人与自然生态的关系之美,一种共同体之美"②。西方现代社会以来,对工业文明的理性反思与批判,其中一个重要的内容,就是对"人类中心主义"思维的矫正。从人类中心主义到生态整体主义的转型,是现代社会对人与自然关系的全新思考,它或将成为拯救生态危机的新的世界观与方法论。

在文学叙事中心上逐渐自觉并走向成熟的大自然文学正是以生态

---

① 鲁枢元:《生态批评的空间》,上海:华东师范大学出版社,2006 年,第 253 页。
② 曾繁仁:《中西对话中的生态美学》,北京:人民出版社,2012 年,第 9 页。

反思与重构作为其创作的出发点。传统文学的表现对象都是以人为中心的社会生活，即使是表现大自然的作品，其自然景物也不过是表达心态的道具和对应灵魂的形象。而大自然文学无疑将大自然本身作为文本叙事的中心。在刘先平的笔下，大自然的动植物都已处于文本的主角地位，而改变了过去那种被主宰被观赏的被动次要的地位。这是当代文学叙事中心的一次重要的转变，更是当代文学价值取向的一个重要转型。在作家的心目中，野生动植物这种非人类的生命形式同样应该得到应有的尊重，在这个地球上，所有的生命都是休戚与共、相互关联的一个整体，生活在同一个绿色家园。大自然文学关注的是人与自然的整体关系，它以一种世界观的姿态重新审视当代人类的生存理念与行为准则。人类社会与生俱来的生态危机与当代世界愈演愈烈的生态灾难，从本质上来说是人类文明的危机，是人类和谐发展的障碍。因此生态整体主义既包括了对人类自身生存与发展权利的充分关注，又把这种关注扩大和延伸到生命环链中的其他物种，从而形成生态系统的良性循环与循环平衡。这种转移与转型，正表明了大自然文学生态审美与生态道德的自觉。

当代生态批评与文学生态学研究中对人与自然关系的重新思辨，对于当代文学史与文学价值的调整与重建，有着重要的启迪意义。同样，其对于大自然文学或者文学的大自然书写，有着鲜明的理念与思维的对应关系。因此，在以刘先平为代表的大自然文学创作中，受众就能深深感受到作家对大自然物种生命的关爱与悲悯情怀，感受到作家对那些破坏生态平衡、践踏野生物种生命权利行为的否定与批判热情，感受到作家对人与自然共存共荣关系与"天人合一"境界构建的期待与呼唤。

## 二、大自然文学创作现象述评

要真正理解和把握大自然文学的生成和发展,我们就必须梳理与探究作家的心路历程与创作分期。我们可以把刘先平的大自然文学创作历程分为两个时期:

1978 年至 1987 年是第一个时期。他曾经这样回忆:"1978 年对我来说,也是人生的新的一页。这年的 7 月,我带着一包稿纸,捡起了被甩掉十五年的笔,悄悄地到了大别山的佛子岭水库,开始了艰难的文学的大自然探险。"①就在这一时期,刘先平先后创作出版了《云海探奇》(1980 年)、《呦呦鹿鸣》(1981 年)、《千鸟谷追踪》(1985 年)和《大熊猫传奇》(1987 年)四部以大自然探险经历为题材的长篇小说。这些作品开辟了中国当代文学(特别是长篇小说)创作的新领域,在审美理念与艺术风格的追求上独树一帜。刘先平也因此被称为当代中国最早投入大自然文学的拓荒者。

应该看到,大自然文学作家大抵都有儿童文学创作的经历。刘先平在文学界与读者心目中的最初印象是一位优秀的儿童文学作家,他的大自然文学创作首先是奉献给孩子们的。别林斯基说过,作为一个儿童文学作家,必须"具备高尚的、博爱的、温和的、安详的、和孩提一样纯真的心灵,具备高深的、博学的智能,具备对于事物的明确的见解,同时不仅要有生动的想象力,而且要有生动的、富于诗意的、能够以生气勃勃而美丽多彩的形象来表现一切事物的幻想力。热爱儿童、深刻地

---

① 刘先平:《跋涉在大自然文学的 30 年》,《大自然文学研究》首卷,合肥:安徽人民出版社,2013 年,第 3 页。

认识各种年龄的儿童的需要、特点和差异"①。高尚的心灵,高深的见解,生动而寓有诗意的想象力和幻想力,这是文学审美的基本品性;而对儿童文学来说,热爱儿童,这是作家理解、把握继而表现自己创作对象的情感动力。刘先平文学创作伊始,也正是新时期文学刚刚起步的时候,怎样去表现孩子们的生活?对此,作家是颇踌躇的。当情感与形象凝聚于笔端时,作家终于为孩子们开辟了一片崭新的天地,那就是要引导孩子们热爱科学、热爱祖国,最好让他们从热爱大自然的一片绿叶、一条小溪与一座山峰开始。从此,刘先平的文学创作掀开了新的关键性的一页。他把自己早年就喜爱的令人心驰神往的大自然探险经历,作为自己文学创作的世界,把自己喜爱的人物都安排在那里活动,让他们在大自然的怀抱里成长。在一如既往的大自然探险生活与孜孜不倦的大自然题材的文学创作中,作家的大自然文学艺术理念与艺术风格,也在逐渐走向自觉与成熟。也正是对大自然世界坚实的生命体验与真切的情感触摸,才使作家的创造性的想象力与联想力升腾。刘先平在《跋涉在大自然文学的 30 年》中有这样一段真实而美妙的记载:"是的,就在那个早晨,就在那座山岭,就在山谷里升起一朵白云时,以后几部长篇小说中的无数场景、人物都鲜活地在脑海中展现……是的,就是面对着山谷里升起的一朵朵白云,我决定恢复文学创作,写在大自然中的见闻、思考,写我和大自然息脉相承的对话。"②大自然孕育和激发了作家美妙而神奇的文学灵感;大自然赋予作家广阔而丰厚的探索

---

① 〔俄〕别林斯基:《儿童文学概论》,成都:四川少年儿童出版社,1982 年,第 462 页。

② 刘先平:《跋涉在大自然文学的 30 年》,《大自然文学研究》首卷,合肥:安徽人民出版社,2013 年,第 6 页。

与创造的领地;大自然博大的胸怀和恒久的质感,也培养了作家的智慧、勇气、才情与修养。

1987年《山野寻趣》出版后至今是刘先平大自然文学创作的第二个时期,也是作家的文学理念与实践更加自觉与更加成熟的阶段。这一时期作家先后创作出版了《山野寻趣》(1987年)、《红树林飞韵》(1997年)、《走进帕米尔高原》(2008年)、《美丽的西沙群岛》(2011年)、《追梦珊瑚》(2016年)以及《续梦大树杜鹃王》(2018年)等大自然文学作品。

值得关注的是,作家这一时期的创作,虽然延续着大自然探险的题材范式与叙事精神,却一改过去长篇小说的文学架构与叙事风格,而继之以纪实文学的形式与手法。对于这样一种文学转向,刘先平是这样解释的:"在写完《大熊猫传奇》初稿之后,我想对这一阶段的创作进行思考,希望有新的尝试,希望我国的大自然文学更加多样化。1987年,记叙大自然探险中奇遇的《山野寻趣》结集出版了,这种新的尝试,受到了读者的欢迎和评论家的关注。它也影响着我以后的创作。"①这番话是中肯的,它表现出一位优秀作家的理性和智慧。作为当代中国大自然文学的拓荒者,不断开拓与丰富这一文学流派的表现手法与艺术境界,从而激活与提升大自然文学的艺术空间与审美张力,是一种创新,也是一份责任。这些以纪实文学样式出现的作品,记叙了一篇篇真实感人的探幽与历险的故事,引人入胜。因为作品使用了第一人称的叙事视角,所以故事情节更加逼真生动,人物面貌更加细致入微;读者

---

① 刘先平:《跋涉在大自然文学的30年》,《大自然文学研究》首卷,合肥:安徽人民出版社,2013年,第8页。

仿佛身临其境,倾听人与自然的对话,与作家共同经历着大自然探险的种种神奇与奥妙。与小说创作相比较,这种纪实风格的文学叙事,使作家的生命体验、情感诉求、性格冲突与人生焦虑袒露无遗,更增添一种特殊的文学叙事魅力。

刘先平从事的大自然文学创作,是从对山川海洋的考察甚至探险开始的。著名儿童文学作家张之路甚至评价刘先平是"冒着生命危险写作的作家"。此言不虚,40年来,他从未停止过野外探险与考察,足迹遍及天南海北。下面是作家70高龄以后探险经历的真实记录:

2011年:探险西沙群岛。

2012年:探险神农架自然保护区;考察石首麋鹿;六上青藏高原。

2013年:7月赴湘西、张家界考察;8月赴呼伦贝尔大草原;9月登南麂列岛。

2014年:赴云南、贵州考察喀斯特地貌并观赏毕节百年杜鹃——"地球的花腰带"。

2015年:3月在南海考察珊瑚;8月在宁夏考察贺兰山、六盘山、哈巴湖国家级自然保护区,考察湖北恩施大峡谷。

2016年:7月考察英国皇家植物园和白崖;10月考察长江三峡自然保护区、湖北恩施大峡谷。

2017年:4月到牯牛降考察云豹的生存状况;10月到广东、福建考察海洋滩涂生物。

2018年:2月、12月两次赴云南高黎贡山国家级自然保护区考察大树杜鹃王、沟谷雨林和季雨林。

2019年:4月考察宣城丫山地质公园;5、6、8月三次考察黄山九龙峰自然保护区。

可见,刘先平大自然文学作品中的每一个场景、每一方土地、每一种植物的状貌、每一个动物的神态,都是他亲眼所见、双脚丈量、认真观察与记录下来的。这种为创作而跋涉的冒险精神,构筑了刘先平大自然文学的现场感与独特魅力。

## 第二节　中国当代大自然文学的审美价值

### 一、大自然文学文本的叙事特色

在文学叙事策略上,大自然文学与其他生态文学创作比较,也呈现出鲜明的特色。吴尚华作过这样的评价:与创作了《伐木者醒来》等的北京作家徐刚的环境文学相比,"两者的生态思想的资源有所差异,徐刚作品的生态资源更多直接来自西方的大地伦理;而刘先平作品中的生态思想资源更多来自中国传统文化中的天人合一"。与创作动物小说著称的广西作家叶广芩的作品相比,"叶广芩的代表作《猴子村长》《黑鱼千岁》《老虎大福》等在艺术构思上更注重小说的矛盾冲突的戏剧性设置,总是将人与自然的尖锐冲突作为叙事核心,更注重对人物性格的刻画塑造。从叙事策略这一纬度来比较,便不难发现,刘先平的大自然文学书写更关注的是以原生态自然作为表现对象,而不是直接以人与自然的尖锐矛盾作为情节中心,他更多的不是通过虚拟的冲突和异化展开形而上的象征性思考,而是通过人对自然的体验和融合来展现天人合一的理想境界"①。同样,刘先平的大自然文学作品与被称为"动物小说大王"的沈石溪的作品相比较,依然是同异分明。沈石溪的作品如《第七只猎狗》《退役军犬黄狐》以及《盲童与异狗》等,虽然描写对象是动物,但动物都被赋予了虚拟化的人格特征。这与刘先平的作品(特别是后期的《走进帕米尔高原》《美丽的西沙群岛》《追梦珊瑚》及《续梦大树杜鹃王》等)相比较,前者是对现实世界的虚构性的文学再造,后者则是对原生态自然现象的非虚构性的纪实再现。因此,以刘先平作品为代表的大自然文学,一方面更加贴近未经主观加工过的自然生态的真实面目,一方面又更加凸现作家主观介入对象主体所可能发生的现场感与真相认知。从大自然考察探险中所获得的关于自然世界的经验的质感及个人化的思考,使得大自然文学成为当代文学非虚构性文本试验的一个范本。

有评论家认为:"刘先平的大自然探险文学是中国最早的现代意义上的生态文学,他的大自然文学是以大自然为原创母题的,涉及人与自然的依存关系、生态平衡与环境保护、动植物世界的探微等诸方面的问题,同时他的大自然文学立足于大自然,将'我'置于大自然之中,审视人与自身存在的问题。刘先平探索大自然的奥秘,实际上是在寻找人类生存的根。"②刘先平的文学观念与审美追求,表现了大自然文学的作家们对当代人类社会发展的深刻理解,也与当代世界文学发展的潮流相一致。

---

① 安徽大学大自然文学研究所:《大自然文学研究》第2卷,合肥:安徽人民出版社,2015年,第90—91页。

② 谭旭东:《重绘中国儿童文学地图》,西安:西北大学出版社,2006年,第245页。

大自然文学或文学中对自然的书写,在中外文学史上源远流长,丰富多彩,如中国古典文学中的"田园诗派",苏联20世纪40年代以普里什文①为代表的"绿色文学"流派,美国20世纪80年代中期以"重返自然"为主题的文学流派,等等。但是,"文学的自然书写有两种:一种是以大自然为书写客体,强调作家主体精神的写作——这类作品通常以人为本位,赞美大自然的神奇美的,借大自然的景物和山水张扬人的主体意识且将人置于大自然的主宰地位;另一种是以大自然为本位的,站在大自然的立场来批判人类对大自然的肆意改造和破坏。后者也被称为'生态文学'"②。刘先平的大自然文学创作,特别是20世纪80年代以后的作品,应该是属于第二种创作现象的。因为他的文学宣言,就是通过大自然文学,引领读者走出"大自然属于人类"的误区而进入"人与自然生命共同体"的境界。

　　当代世界文学发展的趋势,表明了当代人类对人与自然关系的重新关注与审视,而人对自然的关注,实际上是对人类自身命运与前途的关注。从这个意义上说,大自然文学现象的强势呈现,是理性主义文学观念与美学观念的苏醒;人与自然的和谐程度,是与人类文明发展的进程成正比的。关注人与自然和谐,呼唤生态道德,是当代人意识,也是当代文学意识。提出和讨论这个问题,并不是简单地为刘先平的大自然文学创作归类,而是充分肯定其创作实践是对当代人类的生存理念与审美价值的自觉认同。

---

　　① 被誉为"伟大的牧神"、世界生态文学与大自然文学的先驱,代表作为《有阳光的夜晚》《大自然的日历》等。

　　② 谭旭东:《重绘中国儿童文学地图》,西安:西北大学出版社,2006年,第244页。

## 二、大自然文学的审美特征

刘先平大自然文学的审美特征,首先在于其对中国当代文学艺术空间的开拓。著名作家束沛德说过:"刘先平的大自然探险作品,让我们深切地感受到,大自然文学是我国辽阔的文学版图上独领风骚的一片绿洲,原始、自然、清新、纯朴、神奇、奥秘,显示出野趣无限,魅力无穷。"①在这片独领风骚的文学绿洲上,大自然文学的全部叙事,都演绎成为这样一系列的终极追问:"假如地球上没有了蓝天、碧水、青草和鸟儿的歌声、鱼儿的嬉游、走兽的奔跑,假如人类生活在光秃秃的水泥环境里,人类生存还有意义吗? 人类失去了最亲近、最和自己本质相通的动植物,生活还有乐趣吗?"②判断刘先平的作品,作家和评论家们都几乎不约而同地谈到其文本中的儿童文学叙事品格。"因为在刘先平的早期创作中,构成其文本叙事的主要意象,如短尾猴、梅花鹿、相思鸟和大熊猫等,都是既往的儿童文学的形象原型,并且在这些原型身上,已集中积淀了人类既定的精神向度和真善美的道德评判色彩。作为一个从传统儿童文学理念起步的作家,刘先平的作品仍然难以避免传统文学思维的影响,这是正常的,我们从作家早期的长篇小说也清晰可见其时代的痕迹。但是这种现象是短暂的,当他逐渐树立起一种新的关于人与自然关系的价值理念与伦理诉求后,他的全部创作,无论是文学叙

---

① 束沛德:《有胆有识的拓荒者——略说刘先平》,《大自然文学》首卷,合肥:安徽人民出版社,2013年,第166页。
② 谭旭东:《从文学的人本主义到生态主义》,《大自然文学》首卷,合肥:安徽人民出版社,2013年,第74页。

事中心的确立,还是文学终极境界的构建都有了根本性的转向。"①"在刘先平的大自然文学作品中,他似乎有意地以探险的姿态,对传统的儿童文学进行艺术改造,突破过去儿童文学以'童心童趣'、儿童生活作为创作基点的模式,将读者的视线引入到更为广阔的自然空间,让他们在感受大自然的丰富多彩的同时,实现对人类生存普遍命题的思考。这一艺术上的晋级,无疑实现了儿童文学与成人文学的沟通,在儿童与成人之间架设了一座公开的审美桥梁。"②这段话是有道理的。让文学引领读者热爱大自然的每一片绿叶、每一座山峰与每一条小溪,作品所面对的不仅是少年儿童,当然也包括成年人。在《山野寻趣》《红树林飞韵》《走进帕米尔高原》以及近年出版的《美丽的西沙群岛》《追梦珊瑚》与《续梦大树杜鹃王》中,作家新设置的一些自然场景与情感境界,就是普通的成年读者也要仔细揣摩,才能领悟其中的哲理意蕴与道德诉求。譬如《大漠寻鹤》一篇中关于黑颈鹤兄弟相残的血淋淋的场景的描述:强者生存、弱者淘汰,当兄弟之间你死我活地搏杀时,作为父母的老鹤在一旁却悠闲自得……在作品的结尾处有这样一段文字:"我曾向鸟类学家叙述了这件事,他听后,长时间沉默无语。两年后的9月中旬,我在若尔盖、红原的高原沼泽草地,最少观察到了三个黑颈鹤的家庭,全都是三口之家——一对父母带着一个孩子。惊奇之余是沉思:难道这种高贵而美丽的鸟,同胞相残是保护种群强大的法则?抑或是对高原苦寒生存环境的选择?或是苦寒高原的环境对它们的选择?"③这

① 赵凯:《大自然的壮美诗篇——刘先平创作论》,《1949～2009:安徽作家报告》,合肥:安徽文艺出版社,2009年,第303页。

② 谭旭东:《重绘中国儿童文学地图》,西安:西北大学出版社,2006年,第248页。

③ 刘先平:《走进帕米尔高原》,北京:人民文学出版社,2016年,第49页。

一连串的问号,埋藏着大自然的冥冥玄机。对神秘领域与未知世界的探微与追问,不仅为少年儿童,也为成年人提供了巨大的视觉与心灵空间。在 2018 年出版的《续梦大树杜鹃王》一书中,作家以生动而传奇的笔墨,记叙了在云南崇山峻岭之中,探寻有着 600 多年历史的珍奇树种——"大树杜鹃王"的探险经历,并发表了这样的感慨:

> 古树用年轮记载着厚重的历史、民族的兴衰、自然的演变、人文精神的张扬,且赋予历史具象。……画家说,没有名木古树,就没有在世界独树一帜的中国山水画。杜鹃是木本花卉之王,大树杜鹃王是王中王。全世界的名木,许多生活在中国。大树杜鹃王又是 600 多岁的寿星。因而她具有名木和古树的双重品格和丰富的文化内涵。古树是人类现在能看到的、唯一的、生于千百年之前至今依然鲜活的生命![1]

让读者感受到大自然中古老而鲜活的生命物体,从而在物质化的当代社会返回自然,去寻觅人类心灵的风景。大自然文学所关注的对象,从当代人现实而封闭的世俗生活,拓展到历史更为悠远、态势更为朴实的大自然领域,从而影响了当代文学的审美焦点、叙事中心与审美趣味,并使文学审美走向更为自由、广阔而丰富的世界。学者吴怀东在评论《追梦珊瑚》这部作品时说:"在周围人的评价中,刘先平先生是一位儿童文学作家。我认为,如果以刘先平早年的作品为评论对象,这个

---

① 刘先平:《续梦大树杜鹃王》,武汉:湖北科学技术出版社,2018 年,第 247—248页。

判断可能是准确的。但是,如果就刘先平先生最新的作品《追梦珊瑚》而言,这个评价显然不准确。因为大致浏览一下这部书就会知道,书中的主人公既没有儿童,文字也并不浅白,虽然儿童可以阅读,不过,可以肯定地说,这不是一本专为儿童所写的书,而主要是写给成人看的书。尽管如此,这部书中充满着童趣,却不是儿童式的童趣,而是以一种纯真的眼光看待自然界中的生趣,是那种脱去了功利之欲后回归、直面自然的单纯和淡定。"[1]从少年的童趣,到人类整体生命的童趣,从世俗功利到返回与直面大自然,大自然文学审美空间的游移与拓展,为这种生气勃勃的新文体的生长开辟了新的视野、场域和境界。

刘先平大自然文学的审美特征,还取决于作家文学审美观念的演变。作家逐渐自觉的生态整体主义立场,是大自然文学创作的出发点。

传统文学的表现对象都是"以人为中心的社会生活",即使是描写大自然的作品,其"景物实际上只是表达心态的道具,是对应灵魂的形象;而人才是中心,是主宰,是高于所有其他生物的灵长,即使是在他面对飞禽走兽自叹不如的时候"[2]。而在刘先平的大自然文学创作中,大自然无疑成为其文学叙事的中心。在他的笔下,大自然的动植物都已处于文本的主角地位,而改变了传统的文学书写中大自然的那种被观赏、被主宰的被动次要的位置。在作家的心目中,野生动植物这种非人类的生命形式同样应该得到应有的尊重,在这个地球上,所有的生命都是休戚与共、相互关联的共同体。

2008 年出版的《走进帕米尔高原》,可以说是刘先平践行大自然文

---

① 吴怀东:《自然之美、科学之趣、人生之乐与多重奏的文本》,《大自然文学研究》第 3 卷,合肥:安徽文艺出版社,2018 年,第 136 页。

② 王诺:《欧美生态文学》,北京:北京大学出版社,2003 年,第 14 页。

学理念的代表性作品。走进帕米尔高原,是为了探寻大自然的传奇,更是为了探寻地球生命的奥妙。我们在他的作品中看到:生活在悬崖峭壁的盘羊们,以它们的坚守,彰显着苦寒高原的险峻与壮丽;可鲁克湖的黑颈鹤,优雅美丽的造型犹如一首诗;在气候恶劣的高原荒坡上,蓝色的绒蒿花与一些黄色的无名花朵,在乱石丛中绽放出鲜活的灿烂;沙漠中的胡杨在应对干旱和风沙时,常常是选择自行倒下枯死,以滋养和维护新枝条的生命延续。所谓胡杨三千岁,就是说它能活一千岁,死后一千年不倒,倒后一千年不枯。还有雄麝毁香跳崖、藏羚羊生育大迁徙等对人类的生存观念极具震撼力与冲击力的大自然中的生命奇迹。这些作家实地考察与亲身经历的写照,使读者仿佛倾听到大自然生物世界中生命的心跳与脉动,从而领略大自然文学独特的审美价值。

当代生态批评与文学生态学研究中对人与自然关系的重新思辨,对于当代文学思维与价值的调整与重建,有着重要的启迪意义。同样,对大自然文学或者文学的大自然书写,有着鲜明的理念与思维的对应关系。生态批评关注的是人与自然的理念与行为准则。"文学生态学将历史地承载重新审视人与自然关系的实质,催生人类生存的生态自觉意识和生态责任。它在本体论意义上,反思人类与自然在整体生态系统中的信仰、伦理和审美生存的诗学特征,最终建构人、人类文化与自然、自然环境和谐关系的新人文精神。"[①]人类社会与生俱来的生态危机与当代世界愈演愈烈的生态灾难,从本质上来说,是人类文明的危机,是人类自由和谐发展的桎梏。因此生态整体主义世界观既包括了

---

① 王诺、宋丽丽、韦清琦:《生态批评三人谈》,《三峡大学学报》(人文社科学版),2005 年第 6 期。

对人类自身生存与发展权利的充分关注，又把这种关注扩大和延伸到地球生命链中的其他物种，从而形成整体生态系统的良性循环与有序平衡。在刘先平的大自然文学创作中，读者能深刻感受到作家对大自然物种生命的关爱与悲悯情怀，感受到作家对那些破坏生态平衡、践踏野生物种生存权利行为的否定与批判激情，感受到作家对人与自然共存共荣境界的期待与呼唤。评论家韩进在谈到大自然文学审美价值时说："《追梦珊瑚》在题材、主题、人物、语言的全面突破，标志着刘先平的大自然文学创作进入了一个新的审美阶段，即由大自然题材的动植物书写转向自然与人并重、突出科学家在重建生态道德和重构人与自然和谐关系中的主导作用，或者说，由过去习惯单纯以'大自然动植物'作为审美对象，转向以'人与自然'整体作为审美对象……"①大自然文学作品之所以饱藏着如此独特的艺术魅力，都是因为它的创作与作家的审美理念的演变与价值取向的逐渐自觉密不可分。

刘先平大自然文学的审美特征，还表现在作家对大自然文学新的文体与语言风格的探索与实践上。

文学理念的变化往往带来文体形式的变化，这在文学史上是屡见不鲜的。传统的文体理论无论从外延上，还是从内涵上，已不能准确而合理地诠释当今丰富而复杂的文坛现象，这是不争的共识。从文坛理论的视角来考察，刘先平的大自然文学创作就具有探索与创新的特色：作家力图突破小说与纪实文学单一的叙事功能与叙事模式，从而探寻大自然文学文本叙事的多种可能，并最终构建一种能够容纳多种文体

---

① 韩进：《重建生态道德的文学呼唤——读刘先平〈追梦珊瑚〉》，《光明日报》，2017 年 6 月 1 日。

功能的复合式的叙事模式。从刘先平作品的文本呈现来看,小说的叙事性、散文的言情性和报告文学的纪实性熔为一炉,各种文学元素既独立呈现又自然依存,孰重孰轻难以分辨。刘先平的作品多为探险类,探险自然故事曲折,探险也自然惊心动魄,令人感慨万千。因此它离不开小说式的情节,甚至性格刻画,离不开散文式的抒情和哲理表白,当然也离不开对探险经历与自然场景的真实展示。学者王泉根说:"刘先平的大自然文学,文体很难界定,他的很多作品都是跨文体的写作风格。由于大量的主角是动物,因而这是一种动物小说、探险文学,以野外报告文学为主体,又兼有游记散文、科学小品、考察笔记、随笔性质的综合性文体。他的作品既不同于沈石溪、金曾豪等人写的纯粹的动物小说,也不同于高士其、叶永烈等人写的科学文艺,它既是浪漫的,又是纪实的,既是脚踏实地的,又是仰望星空的,它是饱含情感与喜怒哀乐的,又是冷静的克制的理性的……"[1]1987 年后,刘先平创作并出版了大自然探险纪实散文集《山野寻趣》《红树林飞韵》等作品,这些作品的出现,可以说标志着作家的文学创作进入了一个新的阶段。从文学理念上来说,作家更为自觉与鲜明地倡导并践行大自然文学,呼唤文学的生态道德意识;从作品取材的对象与范围上来说,区域更加广泛,视野更加开阔,因此叙事手法也更为丰富;从文体变化上来说,作家放弃了长篇小说的创作,转向纪实性的散文(报告文学)写作。在这些作品中,作家往往以第一人称的身份出现,个人或群体的探险活动与大自然生物世界的万千景象水乳交融,相得益彰。

---

① 王泉根:《我们最缺少的是这样的书——读〈追梦珊瑚〉》,《大自然文学研究》第 3 卷,合肥:安徽文艺出版社,2018 年,第 126 页。

《山野寻趣》被认为是大自然文学创作承前启后的作品,因为从这部作品开始,大自然文学似乎寻找到了最适合自己叙事优势与审美表现力的文体样式。刘先平曾谈到过这种新的创作感受:"我们只知道大熊猫的憨态可掬,谁能了解它竟是食肉动物的后代? 一旦惹火了它,它也有一副凶猛异常的姿态。我们只知道燕窝是名贵的营养滋补品,谁能区别金丝燕燕窝和白腰雨燕燕窝的不同价值? 谁又能明白燕窝并非遮风避雨的居家,而是哺育幼燕的生命摇篮? 我们只知道可可豆是制造巧克力的原料,谁能分辨它的味道是甜是酸还是苦? 再有,它的果实究竟是结在细枝上,还是结在树干上?"这些为作者亲眼所见、亲耳所闻的发现,或是扩展了自然美的领域,或是丰富了自然美的内涵,引导着读者在美妙而又神奇的自然环境中兴趣盎然地姗姗而行。作家通过自己的实地考察,探索与解答大自然神秘而发人深省的现象,并自觉地从生态整体主义思维出发,去努力改变传统而片面的生态学逻辑,为大自然中生物竞争的法则做出新的争辩。纪实文体的形式,更加自由释放了作家的主观能动性和创造性,使叙事文本平添创作主体的"介入感"与叙事对象的"现场感"。新的文体带来了新的眼光,这就是大自然文学特有的审美视角——大自然的眼光。

与文体形式密切相关的语言风格,也是大自然文学作家在文学审美个性上所着力追求的重要方面。在刘先平的作品中,语言的诗意化追求是显而易见的。请看下面这两段文字:

四五月的三十九冈,正是花兴勃发的时节,山坡、溪边、峰峦、幽谷……花开得比天上的云霞还要明丽。碧蓝闪亮的沙参花,淡黄淡黄的黄连花,鲜红耀眼的凌霄花,素洁高雅的百合花……熏得

风也沁香,浸得水也流彩。——《呦呦鹿鸣》①

今夜没有月亮,繁星虽满天,但总在闪烁。海水泛着深沉的靛蓝色,就像一块大幕布,遮住了神奇世界的大门,只有模模糊糊的身影似虾似鱼,在水中游动,而近处远处的鱼跳声和各种似昆虫叫的窸窸窣窣声又特别撩人。——《追梦珊瑚》②

这两段文字分别是长篇小说《呦呦鹿鸣》与长篇纪实文学《追梦珊瑚》中的景物描写,前者写江南春天的秀美与热烈,后者写南海夜色的神秘与诱人。两种截然不同的自然景象,形成了风采各异的语言色调,但都透露出诗一般的韵味,山水画一般的色彩。这是作家以语言为媒介,来实现自己与大自然的心灵对话与情感交流。

## 第三节 大自然文学的思想基础探寻

### 一、马克思主义美学中的生态理念

这些年来,在马克思主义文艺理论中国化研究中,相关史学、美学或者人学的原典解读和延伸阐释是充分的,也不乏创新成果。但从自然哲学或生态美学的视角来"还原马克思",从人与自然的关系上来揭示马克思主义的科学价值,却是欠缺的。这样,就使我们对马克思主义文艺理论出发点的科学定位失准——因为,人与自然关系的阐释与论

---

① 刘先平:《呦呦鹿鸣》,北京:中国青年出版社,1996 年,第 1 页。
② 刘先平:《追梦珊瑚》,武汉:长江少年儿童出版社,2017 年,第 39 页。

断是马克思主义实践唯物论的基本内涵,又使我们在当代中国化马克思主义文艺理论体系构建中忽略了一个重要的维度,即人与自然关系学说的维度。生态美学与生态批评在当代中国俨然已成为显学,不可否认的是,其主要思想资源和理论资源,却一直局限于西方当代美学与文论中的生态中心主义或生态整体主义等,这些思想和学理上的借鉴与整合当然是有意义和价值的,但又时常让人感觉到哲学与社会实践层面的困惑。因此我们重新回到马克思那里是必要的。法国现代思想家列斐伏尔对于马克思主义思想学说有过深入研究,他说:"对于理解当今世界来说,马克思的思想不仅是充分的,而且是必不可少的。在我们看来,尽管其基本观点在必要的地方不得不被其他观念详细地说明、完善和补充,但它是所有此类观点的出发点。"①寻找到马克思思想发展中关于人与自然关系学说这一出发点,从马克思思想学说中汲取生态思想资源,对于中国语境下生态审美思想的研究,无疑是十分有益的。这因为,"文艺生态问题与马克思主义之间的联系绝不是人为的牵合与附会,而是由马克思主义及其美学和文艺理论中含蕴的生态意识、生态智慧(一种生态世界观层次上的生态意识和生态智慧)这一事实决定的"②。

马克思的《1844年经济学哲学手稿》(以下简称《手稿》)在美学史上的重要贡献之一,就是第一次提出了"劳动创造了美"的著名论断,科学地论证了艺术审美与人类实践活动的关系。马克思说:"整个所谓

---

① 〔法〕列斐伏尔:《马克思的社会学》,谢永康等译,北京:北京师范大学出版社,2013年,第137页。

② 曾永成:《文艺的绿色之思——文艺生态学引论》,北京:人民文学出版社,2000年,第1页。

世界历史不外是人通过人的劳动而诞生的过程,是自然界对人来说的生成过程。"①人的劳动实践成就了世界历史,同时也改变了一切生命物种的生存状态。而"自然界对人来说的生成过程"所以成为世界历史的基本内涵,正说明了实践唯物论是在劳动实践的历史流动中去关注人与自然的关系。劳动造就了"自然的人化"与"人的对象化",奠定了美和艺术起源的前提,马克思关于人类最初的美感与艺术起源的"劳动说",包蕴着丰富而深刻的生态审美意识。是劳动使人摆脱动物界的束缚,在自然面前站立起来;是劳动驱动着人与自然的互动与交流,从而使自然成为人的现实。劳动使人与自然共生共荣,劳动建立了人与自然的实践关系,同时也建立了人与自然的审美关系,这是马克思自然观与生态思想的最基本的逻辑起点。

恩格斯在《自然辩证法》中说:"政治经济学家说:劳动是一切财富的源泉。其实,劳动和自然界在一起它才是一切财富的源泉,自然界为劳动提供材料,劳动把材料转变为财富。但是劳动的作用还远远不止于此。它是一切人类生活的第一个基本条件,而且达到这样的程度,以致我们在某种意义上不得不说:劳动创造了人本身。……只是由于劳动,由于总是要去适应新的动作,由于这样所引起的肌肉、韧带以及经过更长的时间引起的骨骼的特殊发育遗传下来,而且由于这些遗传下来的灵巧性不断以新的方式应用于新的越来越复杂的动作,人的手才达到这样高度的完善,以致像施魔法一样造就了拉斐尔的绘画、托瓦森

<hr/>

① 中共中央马克思恩格斯列宁斯大林著作编译局:《马克思恩格斯全集》第3卷,北京:人民出版社,2002年,第310页。

的雕刻和帕格尼尼的音乐。"①恩格斯通过考察人的物质生产劳动对人的生理器官的作用,来阐明劳动给人与自然关系带来的质的变化与飞跃,从而为人的美感与艺术创造力的自觉提供基础。他谈到劳动怎样使人的手、发音器官和脑髓发展,在脑髓进一步发展的同时,人的审美意识得以形成,艺术也就随之产生了。在恩格斯看来,自然界最初更多的是作为异己的力量与人类相对立,它不能完全以自然美的形式作为人类审美感知的对象,只有通过人类长期的劳动实践,才能自觉构建人与自然之间的生态审美联系。同时,人类作为自然的一部分,通过劳动的形式,逐渐健全和发展自身的运动功能、语言功能和审美功能,并超越大自然本身,才能在审美观照中感受与表现大自然的奥秘与神奇。

马克思是在人与自然的关系中来探究劳动的本质的。在马克思看来,"劳动创造了美"首先在于劳动创造了作为审美主体的人;同时,劳动创造了作为审美客体的自然。应该看到这两者的关系是相辅相成的命运共同体关系。人类的审美欲望、审美趣味与审美创造,离不开人与自然互动中的生态互补、生态平衡与生态创造;同样,艺术与审美创造中的"自然美",也是人与自然能动与受动关系的结果。正如曾繁仁先生所说:"自然之美绝非实体之美,也非'人化自然'之美,而是人与自然生态的关系之美,一种共同体之美。"②

在美学史上,关于人与自然之间的审美生成是难以回避的话题。朱光潜先生对马克思主义的"劳动说"有着自己独到的领悟与见解,他从人与自然审美关系的视角,来谈劳动实践对人的感性、审美性解放的

---

① 中共中央马克思恩格斯列宁斯大林著作编译局:《马克思恩格斯选集》第 4 卷,北京:人民出版社,1995 年,第 373—375 页。

② 曾繁仁:《中西对话中的生态美学》,北京:人民出版社,2012 年,第 9 页。

意义和价值。在他看来,劳动的结果导致"人也不复是单纯的抽象的人,而是与自然结成统一体的人了"。他在《西方美学史》中曾引用过黑格尔《美学》中那为人耳熟能详的一段话:"例如一个男孩把石头抛在河水里,以惊奇的神色去看水中所显的圆圈,觉得这是一个作品,在这作品中他看出他自己活动的结果。这种需要(把内在的理念转化为外在的现实,从而实现自己——引者)贯串在各种各样的现象里,一直到艺术作品里……很显然,黑格尔在这里是把艺术和人的改造世界从而改造自己的劳动实践过程联系在一起的。在这里,我们可看到美学的实践观点的萌芽。这是黑格尔美学思想的最基本的合理内核。"①黑格尔笔下的小男孩,恰恰是早期人类的象征,他的举手投足,他的笑对自然,为我们勾勒出人类社会早期,人与自然密切接触的奇妙的生态图景。人面对自然,从模仿到创造,从对峙到互存,并一步一步从功利走向审美。人在自己所创造的自然中直观自身,也就是直观即欣赏自己在劳动过程中所创造的美的作品,因而感到由衷的喜悦和快慰,激起感情上的冲动。于是,人类最初的审美感觉油然而生,人类最初的艺术品也悄然问世。

马克思在《手稿》中提出了著名的"美的规律"学说。马克思是这样说的:"动物只生产自身,而人再生产整个自然界;动物的产品直接属于它的肉体,而人则自由地面对自己的产品。动物只是按照它所属的那个种的尺度和需要来构造,而人懂得按照任何一个种的尺度来进行生产,并且懂得处处都把内在的尺度运用于对象;因此,人也按照美的

<hr>

① 朱光潜:《朱光潜全集》第 7 卷,合肥:安徽教育出版社,1991 年,第 142—143 页。

规律来构造。"①马克思是在比较了人的生产劳动与动物的生产劳动的区别后,提出"美的规律"学说的。在马克思看来,"有意识的生命活动把人同动物的生命活动直接区别开来"②。劳动是将人从被奴役的动物式的生活状态下解放出来的力量,成为消解人与自然矛盾对立的唯一途径,其结果是人类不仅在物质上而且在精神上拥有自然界,并成为自然界的一部分。

"美的规律"的论述重点在于凸显人与自然协调发展的规律。马克思说:"一个种的整体特性、种的类特性就在于生命活动的性质,而自由的有意识的活动恰恰就是人的类特性。"③"有意识的"即是自觉的,我们理解为,马克思将人类特性概括为自由自觉的活动。在我们看来,这是马克思诸多关于人的特性(或本质)的学理阐释中最符合人类自身面貌因而最具有普遍性的科学论断。自由,是人对狭隘物欲的超越,是人既依附自然又能动升华的标志。就与自然的关系而言,动物只能是自然的奴役对象,而人则能够能动介入自然,并积极适应自然的变化。自觉,是指人的生命活动和生产活动是有意识的、有意志的,并能够在自然中观照自身。自由自觉的活动,是人的合规律性与合目的性的活动,是人与自然共同进化的依据。当人还处在非自由与非自觉状态时,他对自然界充其量只能是简单地、机械地模仿,不可能从事能动的、复杂的创造,更谈不上进行审美活动,创造艺术品。

---

① 中共中央马克思恩格斯列宁斯大林著作编译局:《马克思恩格斯全集》第3卷,北京:人民出版社,2002年,第273—274页。

② 中共中央马克思恩格斯列宁斯大林著作编译局:《马克思恩格斯全集》第3卷,北京:人民出版社,2002年,第273页。

③ 中共中央马克思恩格斯列宁斯大林著作编译局:《马克思恩格斯全集》第3卷,北京:人民出版社,2002年,第273页。

"美的规律"凝聚了作为马克思主义实践唯物论重要内涵的自然观念与生态意识。马尔库塞说:"马克思的思想,是把自然界看成这样一个宇宙,这个宇宙成为满足人的天生媒介物,由此在很大程度上自然本身的悦人力量和性质也得以恢复和解放出来。与资本主义对自然的掠夺尖锐对立,这种对'自然的人的占有'将会是非暴力的、非破坏性的,其方向是旨在顺应自然中的生命的维系、感性、审美性质。因此,改造了的'人化'的自然,将反过来推动人对完满的追求。"①"美的规律"既是人的规律,也是自然的规律,是人与自然共同进化、协调发展的规律。

## 二、中国古代思想中的生态观念

"道法自然"是我们熟知的道家术语,在中国的传统哲学体系中,"自然"和"道"是两个重要的丰富而复杂的范畴,两者相辅相成,形成自然与人文的有机的整体。《中国大百科全书》(哲学卷)中有这样的诠释:"现代汉语的'自然'一词有广狭二义:广义的自然是指具有无穷多样性的一切存在物,它与宇宙、物质、存在、客观实在这些范畴是同义的;狭义的自然是指与人类社会相区别的物质世界,或称自然界。它是各种物质系统的总和,通常分为非生命系统和生命系统两大类。"②在中国的传统文章典籍中,"自然"更多的是在广义上被使用,与天、地或者万物接近。"道"来源于道家哲学,最有代表性的出自《老子》:"有物混成,先天地生。寂兮寥兮,独立而不改,周行而不殆,可以为天地母。

① 〔德〕马尔库塞:《审美之维》,季小兵译,桂林:广西师范大学出版社,2001年,第128页。
② 中国大百科全书总编辑委员会:《中国大百科全书》(哲学卷),北京:中国大百科全书出版社,1985年,第1253页。

吾不知其名,字之曰道,强为之名曰大。大曰逝,逝曰远,远曰反。故道大,天大,地大,人亦大。域中有四大,而人居其一焉。人法地,地法天,天法道,道法自然。"(《老子》第二十五章)老子将"道"与"自然"联系起来,认为道所遵循的法则和存在的状态是"自然"。正因为"道法自然"而"自然"又是生生不息,化生万物,人必须敬畏自然,与自然共生,天地自然应成为人生效法的对象。老子的"道"与儒家的"道"有着明显的差异,儒家的"道"("道不同,不相与谋"等)大都是在申明社会的政治伦理之道,而道家之道,则是在阐明人与社会、人与自然关系的本体特性与总体规律,特别是相关万物同源、天人共生的论述,无疑成为老子哲学的基本内涵。

庄子论道更关注道的自然生成与自由无为。"天地有大美而不言,四时有明法而不议,万物有成理而不说。圣人者,原天地之美而达万物之理。是故至人无为,大圣不作,观于天地之谓也。"(《庄子·知北游》)自然无为是庄子心目中的大道,天地大美是庄子所追求的审美理想,只有回归大自然的怀抱,才能获得个体生命的自由与升华,真正达到物我同一的境界。《齐物论》中庄周梦蝶的寓言,既是庄子之道的人生寄托,也是庄子之道的审美寄托。"昔者庄周梦为蝴蝶,栩栩然蝴蝶也。自喻适志与! 不知周也。俄然觉,则蘧蘧然周也。不知周之梦为蝴蝶与? 蝴蝶之梦为周与? 周与蝴蝶则必有分矣。此之谓物化。"人与自然,不分彼此,浑然一体,天道与人道,自然与人为相通,而大美恰在其中。

"天人合一"的思想是中国古代社会儒道释诸家最具代表性的最有影响力的理论命题,"道法自然"实际上就是天人合一理念的道家解读。如果说道家强调"天人合一"是专注人与自然协调同一的话,儒家则是致力于治国理政做人,在人与自然的矛盾对抗中寻求和谐。儒家"天人合一"的思想源远流长,并随着时间的推移而发生衍变。孔子说:"天何言哉,四时行焉,百物生焉。"(《论语·阳货篇》)在孔子的心目中,"天"就是创造了人和万物的自然界。四时轮转,万物复兴都与"天"息息相关。宋代张载最早明确提出"天人合一"的命题,"乾称父,坤称母;予兹藐焉,乃混然中处。故天地之塞,吾其体;天地之帅,吾其性。民,吾同胞;物,吾与也"(《西铭》),"儒者则因明至诚,因诚至明,故天人合一"(《正蒙·乾称》)。张载是中国古代具有朴素唯物主义思想的理论家,他的"横渠四句"——"为天地立心,为生民立命,为往圣继绝学,为万世开太平"依然为当代哲学所认同。以张载为代表的宋儒哲学,虽是以宇宙论始而以伦理论终,但终究达到了天(宇宙)与人(伦理)的结合为一,充分体现了人与自然和谐共存的思想境界,也是难能可贵的。

中国古代文论中的生态思想也是丰富多彩,博大精深的。刘勰的《文心雕龙》的首篇《原道》便在传承儒道的基础上,融合道释之理,寻找文学本原,追问文学活动与天地自然的关系:"文之为德也大矣,与天地并生者何哉? 夫玄黄色杂,方圆体分;日月叠璧,以垂丽天之象;山川焕绮,以铺理地之形;此盖道之文也。仰观吐曜,俯察含章,高卑定位,故两仪既生矣。惟人参之,性灵所钟,是谓三才,为五行之秀,实天地之心。心生而言立,言立而文明,自然之道也。"①这段话的要义在于:一,篇名《原道》,即追寻文学的起源与本体。二,首句:"文之为德也大矣,与天地并生者何哉?"这是文学与自然必然性联系的终极设问。三、文

---

① 周振甫:《文心雕龙今译》,北京:中华书局,1986(2005重印),第9—10页。

学源于自然天地，文学要遵循自然之道。《原道》"旨在从根本上找到文学的本原，重新建立文学的价值观，以纠正当时日趋华靡的文风。原道与自然相结合，是《文心雕龙》贯穿始终的思想主脉"①。

宋代朱熹说过："天地以生物为心者也，而人物之生，又各得夫天地之心以为心者也。"（《仁说》）"天地生物"是有生命情感甚至道德情感的。当代大自然文学作家正是怀着"为天地立心"的理想抱负在大自然中行走，以关心、尊重与爱护自然为天职，以呼唤人们热爱每一片绿叶，每一座山峰与每一条小溪，呼唤生态道德。大自然文学代表作家刘先平曾说："我在大自然中跋涉了三十多年，写了几十部作品，其实只是在做一件事：呼唤生态道德——在面临生态危机的世界，展现大自然和生命的壮美。因为只有生态道德才是维系人与自然血脉相连的纽带。我坚信，只有人们以生态道德修身济国，人与自然的和谐之花才会遍地开放！"②

### 三、西方生态美学理念的借鉴

在对西方生态美学理念的生成与发展以及其对生态批评与自然文学的影响等诸方面进行研究时，除了对西方工业文明产生以来的社会反思与文化反思要进行深入的考察与梳理外，还离不开对这样三个基本的理念范畴的甄别与思考：一是人类中心主义，二是生态中心主义，三是生态整体主义。诸多生态学家认为，从人类中心主义向生态整体

---

① 袁济喜：《新编中国文学批评发展史》，北京：中国人民大学出版社，2014年，第112页。

② 刘先平：《跋涉在大自然文学的30年》《大自然文学研究》首卷，合肥：安徽人民出版社，2013年，第3页。

主义转折,再而向环境公正主义升华,既是西方生态美学发展的逻辑递进,也是人类哲学史上的一次重大变革,更标志着人类生态文明的觉醒与进步。"当代生态中心主义哲学认为,生态危机是人类中心主义思想主导下的人类文化的危机,人类主宰地位的危机,人类发展模式、生活方式的危机,要从根源上消除生态危机,必须走出人类中心主义观念主导下的生存范式,并向生态中心主义的生存范式转变。这种转变也是从主导近现代社会发展的笛卡尔—牛顿机械世界观向非人类中心的、人与自然和谐共生的生态中心主义世界观的转变。"[①]在生态中心主义美学看来,人类中心主义是西方传统文化得以延伸持续的核心理念,是人类社会历史发展的基本的思想动力。"人是万物的尺度,是存在者存在的尺度,也是不存在者不存在的尺度。"[②]人作为万物的灵长,成为世界的主宰。笛卡尔作为现代哲学思想的奠基人,他的"我思故我在"的理性主义法则,更加凸显人的理性的权威,进而凸显人的精神世界与物质世界(包括自然界)非此即彼的"二元对立",于是人类征服、掠夺自然成为一种必然。因此,以人类作为主宰地位并规范人类生存方式的人类中心主义成为自然的必然对立面,人类自身的超越自我与文明突进,是以牺牲自然为前提的。

西方生态哲学将人类中心主义作为生态危机的元凶,继而否定人类中心主义并向非人类中心主义跨越。这当然是出于对生态危机愈演愈烈的现实语境的强烈回应,是对人类理性主义思想理念走向极端的激进反拨。在科学技术发展的基础上,以理性主义为主流的西方近代

①　胡志红:《西方生态批评史》,北京:人民出版社,2015 年,第 12 页。
②　北京大学哲学系:《西方哲学原著选读》(上册),北京:商务印书馆,1983 年,第53 页。

哲学应运而生。理性主义哲学家一方面崇尚理性、崇尚知识，另一方面又把理性夸大为脱离现实、脱离自然的抽象的绝对，则又使理性皈依宗教。在对人类的信仰与行为做出解释时，又都接受了基督教神学的基本学说。黑格尔曾说："哲学除去上帝之外，没有别的对象，因而它本质上是唯理的神学，也是为追求真理而对上帝所持的始终不渝的崇敬。"[①]可见理性主义哲学虽然企图用人类理性来唤醒人类，但结果却是实质上指引着人类向中世纪复归。同时，19 世纪大工业化无情地摧毁了传统的生活方式和道德行为标准，资本主义工业文明的结果是造成人类心灵的枯竭，使他们丧失了对上帝的信仰，同时也丧失了对抽象而神秘的人类中心主义的信念。生命哲学与自然主义理念等应运而生。由此而言，生态中心主义思想理念的出现，是有着历史存在的合理性的，是在人与自然关系横遭践踏后的理性呼唤。

生态中心主义对人类中心主义的批判显然是矫枉过正的思维路径。"生态中心主义是在人类中心主义的语境中生成的，正像女性主义在男权中心的背景中产生一样，自然是以求异和排他的姿态建立自身的话语体系。"[②]生态中心主义的激进与偏颇，理所当然地受到来自多方面的批判，特别是对其非人类中心理念的质疑是义正词严的。人与自然的关系是共生共荣，双向互动的关系，试图通过摆脱人类中心主义来端正人在自然中的位置，其出发点是无可厚非的，但人与自然关系思辨中的人文精神，也由于世界本位的极端倾斜而悄然消失。我们在探讨人类社会生态危机的根源时，当然也不可忽却人与人之间关系这样

① 〔美〕梯利《西方哲学史》，北京：商务印书馆，1979 年，第 243 页。
② 韩清玉：《对自然文学之哲学基础的反思与重构》，《云南民族大学学报》（人文社科版），2017 年第 2 期。

一个既是学理更是历史实践的重要维度。"环境公正型批评"最核心与最突出的特征是"人的在场"。正如生态批评的代表人物之一劳伦斯·布伊尔所说的,生态批评"围绕的核心是一种对环境性的责任感,而这里的环境既包括自然环境,也包括人工环境"①。"第一波生态批评主要立足生态中心的立场从形而上层面探讨人与自然的关系,多层面、多视角深挖生态危机产生的人类中心主义文化根源,是'哲学走向荒野'的产物;而第二波生态批评则立足环境公正立场从现实层面探讨生态危机产生及其日益恶化的历史文化根源,是生态批评'回家'的标志,是生态乌托邦理想与人类社会公平正义现实诉求相结合的产物,是生态诗学、环境公正诉求及多文化主义相结合的必然结果。"②从"走向荒野"到"荒野回家",西方生态批评的视野逐渐开拓,内容也更为丰富。

我们今天研究大自然文学现象,是在新的时代与国情的语境下,以中国故事的当代文学书写为出发点,重新观照"人与自然的关系"这一古老的哲学命题。在以刘先平为代表的中国当代大自然文学文本中,就提出了这样一个新颖而尖锐的哲学课题:是"大自然属于人类",还是"人类属于大自然"?作家在自己的创作实践中,深刻地感悟到,大自然是人类的家园。"正是在丈量大地、探索祖国大自然的神秘中,我逐渐领悟到生态平衡的意义:首先是'人'的本身的生态平衡,这主要是指一个人自身的心理和生理的平衡,精神和物质的统一;再是自然界的生态平衡;最高的境界则是人与自然的和谐、共存共荣——天人

---

① 汪正龙:《马克思与20世纪美学问题》,北京:高等教育出版社,2014年,第65页。

② 胡志红:《西方生态批评史》,北京:人民出版社,2015年,第32页。

合一。"①

　　随着人类生态文明时代的到来以及生态批评与生态学日益得到重视,西方当代美学与文论中的"生态整体主义""环境公正批评"等逐渐成为重要的理论资源。但是,批判人类中心主义,并不是否定"以人为本"的社会发展理念;倡导生态整体主义,也必然以人与自然的融合作为基本的价值诉求。从这个意义说,我们重申马克思主义的自然观并努力发掘其中的生态审美意识;我们梳理中国传统文化中的"天人合一"思想并努力实现其当代价值转换;我们借鉴西方"生态整体主义"等生态思想中有价值与有效的丰富内容,就是为了在新时代生态文明建设视域中重新认识人与自然的关系,从创作和理论上重构人与自然的审美性联系,不断丰富与拓展当代生态审美观的价值内涵,从而为科学评价大自然文学现象,提供新的理论资源和研究维度。

---

① 刘先平:《跋涉在大自然文学的 30 年》,《大自然文学研究》首卷,合肥:安徽人民出版社,2013 年,第 10 页。

# 第二章  大自然文学的哲学基础

大自然书写是中外文学史上常见的题材,特别是工业文明日趋凸显它的负面效应后,人们追随着卢梭的思想开始了"重返自然"的艺术探寻,"风景"也就具有了不同于一般艺术空间要素的美学蕴涵。可以说,当代文学版图中的大自然叙事已经成为诸多新潮批评理论的"试验场"。这其中,有不少从哲学的形而上视角探寻这一文类的理论基础,如从生态美学和环境美学的思想资源中寻求自然文学的当代价值,虽然不乏哲学深度与人文关怀,但因陷入生态伦理批评的"泥淖"而忽视了其作为艺术存在的独特性。因此,结合中外哲学思想建构自然文学的学理基础,是探究这一文学样式的必要之举。

## 第一节  西方哲学与美学资源

西方哲学与美学关于自然生态话题的讨论层出不穷,特别是经历工业文明洗礼后,生态危机日益突出,人文学者在思考人类处境及其未来时无不将视角转向了自然。于是,生态(哲)学、荒野哲学、环境美学、生态批评等理论成为西方人文学术的显学。这些理论资源无疑为大自然文学提供了理论支撑，学界对此已有初步探索，并形成了一定的批评范式。关于自然文学，现有的批评范式虽已充分关注到这一题材本身的独特性，但却忽视了其作为文学的一般特征，更没有观照到自然题材审美表达的独特性。鉴于此，本节意图从自然文学研究中出现的主体缺席、本体迷失、指向不明等症候出发，重建自然文学的哲学基础，更凸显这一建构在把握这一文类独特的审美特征、美学建构和生态文明语境中的意义。

**一、环境美学与自然文学：呼吁"人的在场性"**

或许，在鼓吹"自然全美"与"走向荒野"的时代，谈文学中的人是不合时宜的。而首先我们应该明确的是，文学是人学，大自然文学虽然布满了对自然景观的描绘与赞颂，但是自然并非它的唯一内容；相反，这一文学样式更多地去表达人与自然的关系——二者的意义关系。这也是本章探寻大自然文学思想基础的着眼点，即纠偏自然本位的倾向，把"人"放入自然书写中，为传统自然伦理观念"起底"。因此，研究大自然文学可以从新的历史起点上，重新观照"人与自然的关系"这一古老的哲学命题。大自然文学文本提出了一个崭新而深刻的哲学课题：是"大自然属于人类"还是"人类属于大自然"？这个时代主题包含多个层面的哲学话语，在国内外学界多有讨论。这其中，以人为主体仍然是必要的。"在直面生态危机的时候，就没有必要去回避人，而应该去强调直面人,直面人的责任、人的价值关怀。"①就文学文本创作自身而言,"自然文学的作品实际上是人类心灵与自然之魂的沟通与对话"②。看那些伟大的作品,无不是把人与自然的对话与相处凝结于文本叙述之中,这一理念已经深深地扎根于自然文学作家的内心,就像梭罗,"让自然融于自身,同时也让自身融于自然,是梭罗不同寻常的人生追求"③。

环境与生态美学提出的重要语境是人类中心主义的话语统治,这其中必然有启蒙运动中理性高扬的因素。当然,我们在面对人类中心主义的话题时,不应该再纠结于"谁为主体"这类非此即彼的追问,而应该坚持整体化的思维,人是思维的主体,并不代表人是问题的主体。无论是哪一理论思潮"唱主角",都不会改变这一事实:我们是作为人类来讨论环境与自然问题,人是不可能缺席的;换言之,我们对自然问题的探讨都将转换为"人与自然的关系"这一问题域。

> 人类与自然之间的关系是由人们之间的关系来调整的——甚至对荒野的保护也是这样。只有通过创造真正的人的社会,在其中具体的个人需要占优先地位,人类才能发现通向自然界的真正途径。这种自然界不是原始的自然界,也不是为了满足狭隘自负的人类目的而被剥夺的自然界。并且,这一点越来越清楚:人类作

---

① 潘知常:《生态问题的美学困局——关于生命美学的思考》,《郑州大学学报》(哲学社会科学版)2015年第6期。

② 程虹:《宁静无价——英美自然文学散论》,上海:上海人民出版社,2009年,第5页。

③ 程虹:《宁静无价——英美自然文学散论》,上海:上海人民出版社,2009年,第56页。

为自然界和自然界认识自身的方式的最高产物,必须对地球负责。这种责任的实际履行以成熟的人类社会的出现和向新生活方式的转变为前提,用主张自然主义与人道主义统一的马克思的话来说,在这种新的生活方式中,人类的生产活动是由美的规律来支配的。[①]

这其实是在呼吁"人"的"在场"！面对支离破碎的自然环境,我们不再讴歌人在改造自然中的巨大威力,也不再赞颂"自然的人化"过程中人所凸显出的本质力量;而更多地反思人在自然面前的行为限度。从环境伦理的视角来看,人类作为主体在自然中隐匿或消解,才能复得人的栖居之地。但是,"在消解'实体化'的'主体'之后,作为'非实体化'的'价值主体'仍然有其不可消解的存在合法性"[②]。

在当代批评话语中,实体化的中心是生态环境。在生态批评学者布伊尔看来,洛佩慈语词中充溢着这样的渴望:"写作和思考中更多地站在生态中心的立场,而不是代表现代人类习见的精神缺失。"[③]生态中心主义是在人类中心主义的语境中生成的,正像女性主义在男权中心的背景中产生一样,自然是以求异和排他的姿态建立自身的话语体系,正如布伊尔所认为的,"以生态为中心的思想更像一个散点图而非联合阵线。它的一切表达中,人类身份都没有被定义为独立自主的,而

---

① 詹姆斯·劳勒尔,赞德·奥鲁杰夫:《马克思主义、人道主义与生态学》,载于〔美〕大卫·戈伊科奇等编:《人道主义问题》,杜丽燕等译,北京:东方出版社,1997年,第220页。

② 贺来:《"主体性"批判的意义及其限度》,《江海学刊》2011年第3期。

③ 〔美〕劳伦斯·布伊尔:《环境批评的未来:环境危机与文学想象》,刘蓓译,北京:北京大学出版社,2010年,第109页。

是取决于它与物质环境以及非人类生命形式的关系。共性仅限于此，此外各条道路迥异"①。说到底，无论是生态中心主义还是荒野哲学，都是在反思人类对自然环境严重践踏之后的理性召唤。我们所称之为"深层生态学"的理论主张其实并不能看作生态中心主义的矛盾体，至少在其中所表达的，是人类对自然的敬畏，人对自然的态度，本身也是人论的题中之义。这些哲学思考的另一种表达就是大自然文学。

与此同时我们也应该看到，前述生态哲学主张中不乏极端的唯生态中心论者，而把人排除在生态场之外——至少不是以人为主体的理论言说。单从理论逻辑上来看，这些主张具有片面的合理性，却无法构成自然文学的哲学基础。生态中心论思想中出现的主体消弭倾向实际上是对文学规律的漠视。因此，在操作层面，主体间性思想更能恰切地阐释自然文学的创作机制。文学艺术首先是主体性的集中显现，而主体间性则是生态联系的表现。自然文学多把自然景物、一草一木看作灵性的存在，让本来安静的风景有了言说的可能，甚至成为叙述者。我们甚至可以说，自然文学表面上是在讲自然，实则是讲人。

人与自然的审美性（或诗性）的存在更是存在论哲学留给我们的宝贵遗产。海德格尔提出"天、地、神、人"四方游戏的结构，其中"神""指的是自然规律，是自然之大道，是运行于世界整体内的自然精神"②。当然，这是存在论意义上的"大道"，而非认识论意义的理性。"以这种神性为尺度，就是要热爱并尊重自然秩序，以自然规律来约束人自身。有时还要忍受自然规律带给人的痛苦，但最终那痛苦会给人带来更大

---

① 〔美〕劳伦斯·布伊尔：《环境批评的未来：环境危机与文学想象》，刘蓓译，北京：北京大学出版社，2010年，第112页。

② 王诺：《欧美生态批评》，上海：学林出版社，2008年，第89页。

的快乐。"①从此可以看出，站在人类中心主义对立面的存在论哲学，也还是把人的长久的快乐作为重要的价值尺度。海德格尔认为"此在"就是存在者在世界之中。只有在世界中的"存在"才能称得上是"诗意地栖居"，这一存在观在克服技术专制的基础上，重新思考人与自然的关系，主张人在自然中的诗意存在。

因此，我们不太赞成荒野哲学的立场，把人排除在自然之外实际上是矫枉过正的做法。人本身应该视作自然的一部分，是内在于自然整体中的。人与自然的一体性不仅表现为人是自然的一部分，还体现在人的产生和行为都应该是与自然的运化同律的。《周易·系辞下》指出："天地氤氲，万物化醇；男女媾精，万物化生。"这万物之原就是阴阳之气，人是万物之一粟，自然也是宇宙气化的结果，如《黄帝内经》所言："人以天地之气生，四时之法成。"中国艺术精神中的核心思想"气韵生动"，成为中国绘画的重要准则，这其中蕴含着自然万物的生命状态，或言之，自然世界本就是气韵生动的，而优秀的绘画作品正是契合了这一自然之韵，所以才能称其为美。

可以说，现有的生态理论资源更多的是为大自然文学提供了姿态性的价值倾向，而非具体性的理论基础。生态美学没有解决的问题在于，同样是自然，或者说荒野，并不是所有的景色都是美的，但是文学史上有影响的自然文学作品首先应该是美的。所以，从自然美与艺术美的张力呈现中揭示自然文学的审美机制，是建构这一文学样态之美学基础上更为紧要的工作。

---

① 王诺:《欧美生态批评》,上海:学林出版社,2008年,第91页。

## 二、自然美与艺术美的张力:自然文学的审美机制

大自然文学与自然风景画一样,涉及自然美与艺术美之间的复杂关系。首先,众所周知,自然美和艺术美是两种完全异质的审美形态,二者的审美机制不同,却很好地融合在自然题材的艺术文本中。我们先从康德美学中寻找艺术美和自然美的关联,康德以道德为价值诉求探讨自然美和艺术美的特征,在他那里,"艺术美和自然美都在对审美对象的兴趣中发现了美与道德的关联点:在前者中我们人为地设定给对象的智性化概念,而在后者中对象向我们展示了一种先天的智性目的"①。这其中包含了艺术美与自然美的常识性差别,即艺术首先是人工制品,即使是将大自然中的风景"搬运"至文学中,也还是一种文学的想象性描绘,是"人为设定"的。

我们还是要重申上文的一个核心观点,文学中的自然书写首先应该是美的。布伊尔在《环境批评的未来》一书中对《沙乡年鉴》进行了审美的解读。除了"像山一样思考"的立场外,"结尾处则像一个真正的寓言,不是手执托盘奉上清晰道理的故事,而是一个叙事谜语,带着一系列歧义而微妙的'大概',留待听者解读和应用"②。虽然这只是对《沙乡年鉴》的一种解读,且是非主流的解读形式,对如此典型的生态文本,我们仍然可以对其进行审美维度的接受,这是将其看作文学艺术(而非政令宣讲)的可靠模式。换言之,面对自然文学,我们应该首先将其视为文学,而后观照自然题材的独特性。可惜,这种"通过形式阐发

① 周黄正蜜:《康德论美与道德的关联》,《世界哲学》2015 年第 5 期。
② 〔美〕劳伦斯·布伊尔:《环境批评的未来:环境危机与文学想象》,刘蓓译,北京:北京大学出版社,2010 年,第 116—117 页。

意义"的批评范式被多数人所抛弃。布伊尔也意识到这个问题的重要性，他指出，"召唤想象世界是所有艺术作品的关键，这个想象世界可以与现实或历史环境高度相似，也可与之大相径庭"①。揭示艺术与现实或历史环境的关系是艺术批评的题中之义，而对这一关系的艺术呈现只能是想象性的，只有立足于这一前提才能把握自然文学的一般特征（即作为艺术的审美性）和特殊性（即表现自然的复杂性）。

从审美评价的视角来看，自然美往往以艺术美为参照，所以"风景如画"这一习见的说法成为非常重要的美学命题，也成为我们思索自然文学审美机制问题的出发点。首先，所有的风景都不是自在的，而是主体的内在构造，是一种文化的建构。更为具体地说，"有规律的自然是秀美的，野性的自然是崇高的。如画风景在两种风景范畴中都存在，能够使想象力形成通过眼睛感觉的习惯"②。我们对其一般的理解，也多在于艺术美鉴赏模式的辐射意义。或者说，自然美的鉴赏仍然是一种艺术美的欣赏机制。"从审美本质角度看，'如画'之风景模式是指艺术美中的自然美题材作品因其典型化，而成为引导现实中的自然美欣赏的典范。"③"如画"风景是我们欣赏自然美的一个视角，而非"风景模式"，但是艺术美中的自然题材，还是艺术美而非自然美。

问题的复杂性在于，艺术美的欣赏是在艺术媒介的差异性中体现意象的独特意蕴。如中国传统艺术中"竹子"的意象，在"入诗"或是"入画"时，会产生不同的艺术审美效果。这还是要从审美意象的认知

---

① 〔美〕劳伦斯·布伊尔：《环境批评的未来：环境危机与文学想象》，刘蓓译，北京：北京大学出版社，2010年，第34页。

② 〔美〕温迪·J. 达比：《风景与认同：英国民族与阶级地理》，张箭飞、赵红英译，南京：译林出版社，2011年，第53页。

③ 《美学原理》编写组：《美学原理》，北京：高等教育出版社，2015年，第186页。

机制入手来分析,如果说诗与画体现出视觉和听觉接受的不同,而现实中的自然风景更为复杂。如伯林特所言:"环境体验作为包含一切的感觉体系,包括类似于空间、质量、体积、时间、运动、色彩、光线、气味、声音、触感、运动感、模式、秩序和意义的这些要素。环境体验不一定完全是视觉的,它是综合的,包括了所有的感觉形式,它让参与者产生强烈的感知。"①伯林特的分析凸显了自然美欣赏的复杂性,他的同道卡尔松也不禁感叹:"欣赏自然被经常地同化为欣赏艺术。此种同化既是一种理论的错误,也造成一种欣赏的遗憾。"②

我们还是要回到大自然文学的讨论。将自然以艺术的形式呈现出来,那么大自然文学就是艺术美而非自然美的欣赏机制,因此,崇尚自然美的生态美学、环境美学等理论资源都无法为大自然文学提供直接的审美范型。我们谈自然文学的哲学基础,实则涉及自然美与艺术美的复杂关系,更是无法摆脱审美经验问题的复杂性。虽然艺术的虚构性能够规避审美过程中的现实功利风险,但是自然文学又有其特殊性。较之于其他叙事文本,自然书写的场景营造更多地趋于现实性,景物描写的细致程度能够轻易地将读者拉回现实生活,并引发对于自然环境的唏嘘感叹。虽然我们无法就此断言自然文学的最重要特征就是非虚构性,但是我们也的确无力抹杀它自身所带有的现实感以及批评者所加之于它的环境伦理诉求。实用主义美学家杜威正是在对康德"审美无利害"原则区别审美与实用的批判中论证了审美经验的丰富性,这种

---

① 〔美〕阿诺德·伯林特:《环境美学》,张敏等译,长沙:湖南科学技术出版社,2006 年,第 25 页。

② 〔加〕卡尔松:《环境美学:自然、艺术与建筑的鉴赏》,杨平译,成都:四川人民出版社,2006 年,第 172 页。

经验在实用的和审美的艺术中均可获得。在这一问题上,伯林特更是提出了环境审美的参与性特征。他指出:"静观理论阻碍了艺术全部力量的发挥,并误导了我们对于艺术和审美实际上如何发挥作用的理解。与此相反,介入理论是在艺术活动最突出而强烈地发生时,直接对之做出反应。"①

当然,伯林特所主张的这一参与、介入、体验的审美模式很好地避免了传统美学中存有的主客二分的弊病,但问题也很突出。如伯林特认为审美无利害的最重要特征是制造审美主体与审美客体的距离,其实审美主体并非实用现实主体,在审美活动中,审美主体与客体须臾没有分离。相对于我们前述的生态美学等思想主张,伯林特是在以美学的方式思考美学的问题。比如,康德把主体的安全视为崇高感产生的前提;伯林特则认为:"当现实的危险发生时,对生存和安全的考虑无疑会超过审美,但是我们的亲身经历增加了对这些情形的感知的强度。一座教堂塔尖或摩天大厦的眺望台,海滨人行道的那边,风浪正撞击着海岸,暴风雨中的山顶都让我们在恐惧中增强了审美感知的程度。"②伯林特的论调很像1917年什克洛夫斯基的那篇著名的文章所提到的:"艺术的程序是事物的'反常化'程序,是复杂化形式的程序,它增加了感受的难度和时延。"③从这个意义上说,基于美感的共同基础,自然与艺术的欣赏在其审美机制上有共通性。

---

① 〔美〕阿诺德·伯林特:《艺术与介入》,李媛媛译,北京:商务印书馆,2013年,第64页。

② 〔美〕阿诺德·伯林特:《环境美学》,张敏等译,长沙:湖南科学技术出版社,2006年。

③ 〔俄〕什克洛夫斯基:《作为手法的艺术》,《俄国形式主义文论选》,北京:生活·读书·新知三联书店,1989年。

对于伯林特的参与模式,卡尔松提出了质疑。他更为突出自然美的独特性,在他看来,伯林特的主张会丢掉审美经验得以成立的本质性要素,继而主张"将自然作为自然的原本样子来鉴赏"。他的这一自然环境模式要求以科学认知为基础,显然是倒退到认识论的审美框架中,这样一来,我们对自然美的欣赏与生物学家或地理学家的工作很难区别开来,更与艺术美的鉴赏机制相去甚远。①

大自然文学作为大自然的艺术呈现,从根本上来说还是关涉艺术与世界的关系问题。只是,我们不会停留在对现实反映的陈旧步调上,而试图回归英国浪漫主义诗学中的有机形式论,特别是柯勒律治,把文学的语言比作植物的生命体。不仅是植物,整个世界就是一个庞大的有机体。② 有机性是自然的最重要特征,而文学是一个有机形式,可以说文学世界是生态有机性的重要映照。这一点与我们上文分析的中国传统美学命题"气韵生动"形成了呼应。因此,在华兹华斯身上的"巧合"并非偶然的,他是有机形式论的倡导者,也是自然文学的重要开创

① 即使是卡尔松的同道中人,对于卡尔松的自然环境理论也有不同的看法。如同样坚持把自然作为自然来欣赏的马尔科姆·布迪,虽然认可科学知识可以促进自然美欣赏,但是对卡尔松所谓的对于自然美欣赏具有根本决定性的自然科学知识提出质疑:多少知识(而不可能是所有知识)以及什么知识会对审美产生影响?(参见章辉:《马尔科姆·布迪的自然审美理论》,《南京社会科学》2016年第2期。

② 康德对有机体概念的建构是与他的自然论关联在一起的,这也涉及自然与艺术的关系问题。在《判断力批判》之"目的论判断力批判"部分中,他以"作为自然目的之物就是有机物"立论,提出了自然目的之物的两个要求:一、各部分只有通过整体的关系才是可能的;二、各部分相互交替地作为自己形式的原因和结果,进而成为一个整体。因此,"一个这样的产品作为有组织和自组织的存在者,才能被称为自然目的。"有机物自身具有形成力,所以它是自洽的。我们知道在康德那里,自然是高于艺术的,其中的一个重要原因即在于自然具有内在完善性。但在有机形式这一点上二者却也可以找到相通之处:"自然的美由于它只有在与关于对象之外直观的反思的关系中,因而只是因为表面的形式才被赋予了对象,它就可以正当地被称为艺术的一个类似物。"

者。在自然文学的哲学基础中,生态整体主义是非常重要的理论资源,怀特海甚至称自己的哲学为"有机论哲学"。与生态整体主义相关,布鲁克纳早在 1786 年即已提出"生命网"的概念,并成为布伊尔在其名为《环境想象》的代表作中最有力量的核心意象。在他看来,"'网'所体现出的理念,使得当代生态批评猛烈抨击人类中心主义传统"①。在布伊尔那里,"生态系统"有些类似于皮埃尔·布尔迪厄的"场域"理论,它是事物存在的系统,是诸事物同存共生的内在逻辑呈现。这样就深入文学内部和文学自身,而不是单纯地描述与外部世界的关系。文学自身的有机性,是构成文学作品的重要特征。

文学接受的模式自然不是单一的;而审美地接受自然文学,就会在享受文本自然描写的巨大愉悦中收获更多的可能性。布伊尔认为文学就是在找寻多种形式的词语景观与世界景观的关系,而这取决于我们以怎样的出发点来阅读。如他所认为的,"无论是哪种情况,将环境修辞与表演相联系,都会加强话语与世界的联系,即使前一种联系认识到这些领域的非同一性,因为它集中关注的是作为一种重塑世界手段的修辞"②。单就环境而言,自然文学的意义不仅是生成了自身,更是创造了世界上本不存在的自然。

我们需要明确的是,阅读自然文学作品并非为了猎奇,可能文本中描绘的自然风景,并非在我们身边唾手可得,但是我们更多的是在文学中体验人在自然中的存在。正像我们虽能时常看到夕阳美景,却也要

---

① Lawrence Buell, *The Environmental Imagination: Thoreau, Nature Writing, and The Formation of American Culture*. Cambridge: Harvard University Press. 1995, p. 285.

② 〔美〕劳伦斯·布伊尔:《环境批评的未来:环境危机与文学想象》,刘蓓译,北京:北京大学出版社,2010 年,第 53 页。

欣赏落日绘画一样。这或许是自然题材的艺术意象的独特魅力。

布伊尔在《环境批评的未来》中以"树"的意象为例来说明自然之物的艺术性出场。他列举了《古兰经》、华兹华斯《汀登寺》等六种作品中的树木描写,首先指出科学常识在理解这些描写中的重要性,如知晓橄榄油对中东人的重要性,就能更好地理解《古兰经》中所赞颂的那棵"树中之王";美国榆树是新英格兰社区的标志性树种,所以能尊享梭罗笔下的那般悲剧性崇高……即使如此,我们仍不能认同卡尔松所提出的自然美欣赏的科学认知模式,毕竟这些认识论要素在所有的艺术欣赏中都会存在,只是程度不同而已,但这并不能从根本上否认审美体验的本质。梭罗作品中的树是具有象征意义的符号,威廉姆斯的描绘方式则呼应了遥远的华兹华斯,"这种对树木的可见结构进行的形式主义安排,用了一种从底部到顶端的反方向描绘"[①]。诚如上文中伯林特所言,自然审美是包含视觉、听觉、嗅觉、触觉等多种感官的复合体验,自然文学中的风景也就兼具声音、色彩、光线等时空维度,因此,"人们很难说清楚自然文学作家的作品究竟是如诗如画还是如歌,或者说是三者兼得"[②]。另外,自然文学艺术在某种程度上创造了自然美的新形态,艺术意象在很大程度上首先由艺术作品创造,然后扩泛为一种特定的审美取向。如有学者提出疑问:在朱自清之前,为什么有"荷塘月色"却没有"《荷塘月色》的美"?[③]

① 〔美〕劳伦斯·布伊尔:《环境批评的未来:环境危机与文学想象》,刘蓓译,北京:北京大学出版社,2010 年,第 43 页。

② 程虹:《宁静无价——英美自然文学散论》,上海:上海人民出版社,2009 年,第 8 页。

③ 潘知常:《生态问题的美学困局——关于生命美学的思考》,《郑州大学学报》(哲学社会科学版)2015 年第 6 期。

以文学的方式看待大自然文学，而不是将其沦为生态伦理的宣言书，是笔者反复强调的主题，这一立意源于文学自身的创造性。"在叙事中，至高无上的环境诗学恐怕要算这样的创作：它所展现的东西丝毫不亚于对整个世界的创造"①。因此，布伊尔把大自然文学看作一种对环境的想象。从某种意义上说，大自然文学是分享文学艺术的自足性特征的；然而，大自然文学作家和批评家都希图在文学文本中寄予或读出什么，环保理念、心灵栖息，等等。事实是，就大自然文学自身而言，我们应该说些什么，或者说，大自然文学是如何以文学的方式表达这些伦理诉求和万物存在的。只要我们在谈自然审美而不是自然本身，就应该放在美学的框架中，而不是时刻准备着将其变为一种伦理姿态或政治话语，并且，"对自然的感性形式特征的尊重，要求排除自然审美活动中功利因素的干扰，并不一定与对自然本身的尊重和伦理关怀相矛盾"②。自然美尚且如此，更何况大自然文学作为艺术美的存在呢？

### 三、大自然文学与当代美学的突围

当代美学出现了两种差别很大的研究趋向：一是美学研究的艺术理论化；二是对环境美学和生活美学的热衷。其实，这两大趋向的出现都是与艺术有关联的，前者的艺术观念属性自不待言，但也有背离美学的危险；后者却是对黑格尔以来美学的艺术哲学化传统的反拨。后现代美学把理论的目光聚焦于生活实践，"生活全美"的观念背后也埋藏

---

① 〔美〕劳伦斯·布伊尔：《环境批评的未来：环境危机与文学想象》，刘蓓译，北京：北京大学出版社，2010 年，第 63 页。

② 毛宣国：《伯林特对康德"审美无利害"理论批判辨析》，《郑州大学学报》（哲学社会科学版）2015 年第 6 期。

着消弭自身的危机。特别是环境美学、生活美学大行其道的今天，倡导审美与生活实践的结合被看作美学"突围"的契机，然而矫枉过正，这其中对艺术的遮蔽也导致审美与艺术之间的疏离。单就环境美学而言，其所关联的问题域已经部分地偏离了美本身。"环境和生态美学所要回答的，不是对生态本身的关注，不是号召我们参加生态保护活动，也不是研究具体生态问题的途径；所有这些工作，都是很重要的，但这不能构成美学的独特性。对环境和生态问题的关注，并不能带来一种有关美学的研究"①。美学的独特性是建立在感性与想象力的基础上的，而以实践理性为前提的环境伦理，自然无法带来美学意义上的理论变革。换言之，环境伦理的价值诉求需要以艺术想象来实现。因此，从某种意义上说，对自然文学的理论探求可以部分地帮助当代美学研究实现突围，因为它是以艺术想象的方式表达环境伦理的价值诉求。另外，当代美学的讨论中有不少对审美重归感性的思考，而包括身体美学在内的诸多新潮美学流派也把感性问题作为审美活动的重要起点。生态与艺术的结合，是美学作为感性学复归的重要路径，这其中包含着上述自然与艺术审美机制的逻辑勾连，也昭示着美学重建的契机。

　　当代美学的建构不会简单地延续美学史上审美问题域的转换逻辑，既不会重复"美本身"的本体性追问，也无意于把黑格尔的艺术哲学传统发扬光大；而应该立足当下人类审美实践，并体现这一学科领域的人文关切。换言之，美学研究的时代创新应该体现在生态文明的致思语境中。生态文明是在反思检讨工业文明弊病的基础上形成的人类

---

① 高建平：《美学的超越与回归》，《上海大学学报》（社会科学版）2014 年第 1 期。

存在形态,这一文明突出了自然优先甚至自然崇拜的特征,但不是基于"敬天奉命"的神秘自然论基础上,而是在充分认知自然力量之后的回归,但是这并非向渔猎文明、农耕文明的简单回归,而是抛弃人类中心主义、寻求人与自然和谐共生的复归状态。① 因此,作为工业文明产物的生态文明,自然也不可能以否定前者而"另立门户",它本身也需以工业文明的科技手段为依托,强调"可持续发展"的社会发展理念。以此而论,文学意义上的"回归自然""复归荒野"也只是艺术想象的姿态表达,其中必然带有人的审美理念与思想足迹。从这个意义上来说,中国当代环境美学中所提出的"生态文明审美观"实则是个伪命题。② 为什么这么说呢? 首先我们须承认的是,生态文明不是一个美学或艺术的概念,它应该是一个社会文化甚至是政治的理念,而审美的话题虽然在一定的时代语境中加以言说,具体到审美形态意义上的自然却很难说具有生态文明框架下的特定性。比如中国古代的山水"畅神"审美观,不能说是生态文明的语境生成。这正应和我们在前文中所提出的,自然主题的艺术生产机制首先符合艺术审美的一般性质,在此基础上我们才能挖掘作品的生态诉求与时代意义。因此,一方面我们应该关注当代自然文学创作的时代语境,另一方面我们也不宜过多地强调这一艺术样态的环境伦理维度,而应该将其放入文学审美的自身框架,把握它独特的美学蕴涵。通过对文学自身的本体性探究,彰显人类对自身生存环境的情感关切与价值诉求。这是"通过形式阐发意义"的解读

① 陈望衡:《再论环境美学的当代使命》,《学术月刊》2015 年第 11 期。
② 陈望衡先生参照渔猎文明、农业文明、工业文明时代人们对环境的态度,指出生态文明审美观具有四个特征:生态与文明共生、生态公正、生态平衡、重视荒野。见陈望衡:《再论环境美学的当代使命》,《学术月刊》2015 年第 11 期。

模式,更是对自然文学的美学思考。

　　总之,文学艺术的探讨总离不开一个"人"字,然而就自然文学来说,其在审美地表现人与自然之间关系问题上更为复杂。自然文学文本可以看作"人与自然审美性存在"的图景想象,这其中关涉的哲学话题为我们解读文学提供了学理基础与批评范式;正是其题材的独特性,自然文学本身也为美学与文学理论创生了新的理论视角与理论命题。但是以审美(而非道德)的视角观照自然文学,以此揭示"人与自然审美性存在"的诗意,才可能是自然文学批评的正途,也是本文的立意所在。

## 第二节　中国古代生态智慧

　　如果说西方哲学与美学在历经本体论、认识论到存在论的范式转变中衍生出诸多大自然文学可资借鉴的思维角度与问题域的话,这一理论基础的奠定多是经由当代西方美学的反思与过滤之后为大自然文学所用。而中国古代在人与自然问题的思想智慧也非常丰富,从思维方式来看更为契合当下生态危机语境下人文精神的价值诉求。单纯以儒、道、释流派分述,不能呈现中国古代生态智慧的多元指向,因此,我们不妨先从中国古典意义上的"自然"概念谈起,而后进入相关命题,以至切入中国古典美学的具体批评范畴,以求为当代大自然文学的创作与批评提供参照。

### 一、"自然"概念辨识

　　早在 1902 年,王国维在译作《哲学概论》中对自然概念进行了基本界定:"自然者,由其狭义言之,则总称天地、山川、草木等有形的物质之现象及物体也。其由广义言之,则包括世界全体,即谓一切实在外界之现象为认识之对象者也。"①今天再来看这一广狭之分的自然定义,狭义是为我们对"自然"概念的最普遍使用;而广义之用则有一个过程。按照王中江的考证,在更早的时候,人们是用"格物穷理"的"物"和"理"去表示认识的对象——"自然";当接受了日本的译名之后,人们则越来越多地用"自然"去表述认知的对象和客体。②并且按照他的说法,现实存在、万物世界的自然意义指向,并不纯然是"舶来品",在魏晋时期哲学思想中即有,"阮籍说的'自然者无外,故天地名焉'的'自然'确实是指称实体——天地和万物"③。的确,魏晋玄学中对自然概念的使用较为频繁,"名教""自然"之争中,自然一词的主要义项指向人的本性。当然,自然不限于"人性",它更是万物的本性,即"物性"。④汉代典籍《淮南子》《论衡》等都是强调作为"物性"的自然,带有强烈的唯物论色彩。王弼提出"万物以自然为性",明确表征了中国古典自然概念的抽象性,即"自然"乃万物之性而非万物之实存。

我们所熟知并广为征用的老子之"道法自然"一说,"自然"概念实际上是两个词的组合,"自"为事物自身,"然"是"状态或样子"。可见,老子意义上的"自然"是事物存在状态的一种描述,而不是实指某物。"相比而言,《庄子》中的情形就比较复杂些,它既有本性意义上的'物德''性'和'人情'概念,而且也初步具有了本性意义上的'自然'概

---

① 王国维:《王国维全集》第 17 卷,杭州:浙江教育出版社,广州:广东教育出版社,2010 年,第 261 页。
② 王中江:《中国"自然"概念的源流和特性考论》,《学术月刊》2018 年第 9 期。
③ 同上。
④ 同上。

念,可谓是'天性''本性'意义上'自然'概念的开拓者。"①

可以说,由特征描述到实体概念的演变,在庄子那里已完成。但是"自然"是一个抽象概念,它由具体自然事物与自然现象来表征,却无法为某种具体事物替代。并且,在哲学史中,它不仅指向具体事物,还指具有本体意义上的气、道等。当然,自然的具体存在形式与抽象本体指向并非割裂的,因为气与道本身就是万物的本体存在,而花草树木、山川河流、风雨雷电无不在气与道的作用下完成自己的生命轮回。因为气或道与其承载是一体的,所以自然并不是命定的而是自发自足的表现形式。所以,当理解魏晋玄学与宋明理学"非为""命定"之"自然"时,有一个前提需要注意,自然的这一必然性是相对于人而言,而就事物自身仍在老庄的意义规定范围内。

在老庄那里,自然之道是包括人在内的,万物生长的尺度是自主的,具有自我规定性;进一步,也是对具有能动性的人这一主体进行了行为规定,即按照事物自身的特性来采取行动或发展,如庄子在《田子方》中说:"夫水之于汋也,无为而才自然矣。"可见庄子开启了自然概念的"天然的"这一义项,其消极规定就是无为,非人工因素参与的。自然概念的这一意涵在美学与文艺批评中得到了较为充分的发展与运用,在本节第三部分我们将着重分析。

## 二、中国古代生态美学的主要命题

中国古代哲学与美学中有着丰富而深刻的生态智慧,呈现为许多影响深远的美学命题,如"生生为易""天人合一"等,并且作为大自然

---

① 王中江:《中国"自然"概念的源流和特性考论》,《学术月刊》2018年第9期。

文学理论基础的生发,我们还可以从不同美学命题中勾连其相关意义指向,如从气本论到文气说,"游鱼之乐",从"比德"到"畅神",等等。

"生生为易"的命题是在《易传》中提出的。《系辞上》中说:"生生之谓易;成象之谓乾,效法之谓坤。"《系辞下》又有"天地之大德曰生""天地氤氲,万物化醇。男女媾精,万物化生"等说法。这是对生命本身的歌颂,亦是对人与万物存在状态的揭示,换言之,天地幻化,生生不息,这一定则不仅是宇宙的运行法则,也是人的生存论。在其方法论上启示人们敬生守时,遵从事物和生命发展运行规律。

"天人合一"是中国哲学的核心命题,也是中国哲学智慧的重要标签。要准确把握这一命题的含义,首先要正确理解"天"这一概念的内涵。笼统地说,天是外在于人的客观存在,是产生并运行万物的规律担当,更是人赖以生存的精神"褓襁"。作为整体的"天"具有自然性、道德性和博爱性。[1] 单就本章主题而言,我们重点分析"天"的自然性特征。这一属性是基于自然万物的客观存在,古代人们对自然现象不可解的神秘性为指向,故中国自古敬天并不是对某一确定神灵的信仰,而是源自对自然现象的未尽认知与自然力量的畏惧。畏惧亦能生成审美,并且由于在认知上的模糊性,反而更能从生命体验的角度对自然之"天"加以把握。

《易经》中《乾卦·文言》有言:"夫'大人'者,与天地合其德,与日月合其明,与四时合其序,与鬼神合其吉凶,先天而天弗违,后天而奉天时。"此处可谓"天人合一"思想的首次倡明,意义深远。有学者认为,这种"天人合德"关系包括了四种相"合"关系:"与天地同德,厚德载

---

① 刘震:《重思天人合一思想及其生态价值》,《哲学研究》2018 年第 6 期。

物;与日月同辉,普照一切;与四时同律,井然有序;与鬼神同心,毫无偏私。"①在此之前老子之说可谓"天人同道",而后又有董仲舒的"天人同构",构成了"天人合一"在其创生阶段的三重指向。②

总体而言,"《周易》本身构建了一个天人、乾坤、阴阳、刚柔、仁义循环往复的宇宙环链,而且这种环链是一种具有生命力的无尽的循环往复"③。《周易》的这一思想对荀子影响很大,他指出:"天不言而人推高焉,地不言而人推厚焉,四时不言而百姓期焉——夫此有常,以至其诚者也。"(《荀子·不苟》)此外,周易《中孚》卦有这样一种情景的描绘:"鸣鹤在阴,其子和之;我有好爵,吾与尔靡之。"可见,中国古代哲学所倡导的"天人合一"自然观念,不是当代意义上的荒野哲学,而是追求人与自然和谐共处的生态观。这种和谐在佛教的思想中已有鲜明体现。

佛教在其生态观中首先强调众生平等,不仅人与人之间是平等的,人与其他生命体之间也平等,万物皆有佛性,在其成佛悟道的方法论中即有不杀生的戒律。佛教中还有这么一句话:"天地与我同根,万物与我一体。"(《古尊宿语录》卷九)提出依正不二的思想:"正由业力,感报此身,故名正报;既有能依正身,即有所依之土,故国土亦名报也。"(《三藏法数》)即是说,生命主体与其生存环境之间是相辅相成、互为因果的关系,进一步说,在佛教思想中,整个世界就是由诸多互为生长的生命体组成的有机体。佛教特别是禅宗思想中包含有丰富而深刻的

① 任俊华、刘晓华:《环境伦理的文化阐释——中国古代生态智慧探考》,长沙:湖南师范大学出版社,2004 年。

② "天人同道""天人同德""天人同构"的概括参见刘震:《重思天人合一思想及其生态价值》,《哲学研究》2018 年第 6 期。

③ 曾繁仁:《生态美学导论》,北京:商务印书馆,2010 年,第 222 页。

生态智慧。佛教在价值观上主张"众生平等",这本身也是一种尊重自然万物的生态伦理观念;此外,禅宗强调"外离相、内不乱"的"禅定"境界,即人与自然万物的和谐统一。

无独有偶,庄子提出的"万物齐一"的思想也是对人与自然关系的回应,其在《齐物论》中言道:"天地与我并生,而万物与我为一。"在《寓言》篇强调了万物平等的观念:"万物皆种也,以不同形相禅,始卒相环,莫得其伦,是为天钧。天钧者,天倪也。"

在此我们可以进一步追问,为什么天与人是合一的? 换言之,这种同律性的根由何在? 老子有言:"辅万物之自然而不敢为。"(《老子·第六十四章》)就是说自然之律是客观不可违逆的,人必须遵从它。这样我们就回到了"道法自然"的命题中来。"老子的'道法自然'观,则是在同样重视德行修养的基础上,以自然性第一次真正把天人关系融通、连贯起来。自然性是人能真正效法天地或道的根本,也是天人合一的真正原因。"[1]

因此,"'天人合一'实际上是说人的一种在世关系,人与包括自然在内的世界的关系,这种关系不是对立的,而是交融的、相关的、一体的,这就是中国古代东方的存在论生态智慧"[2]。

具有浓厚生态美学色彩的"气"之范畴,在中国古典美学中同样非常重要。《老子》第四十二章在讲了"道生一,一生二,二生三,三生万物"之后,紧接着描述了"道"的特征:负阴而抱阳,冲气以为和。道的形态是混沌的,这一混沌的状态正是"气"。庄子提出了非常重要的

---

① 丁四新:《郭店楚墓竹简思想研究》,北京:东方出版社,2000 年,第 256 页。
② 曾繁仁:《生态美学导论》,北京:商务印书馆,2010 年,第 212 页。

"气化"理论,在《知北游》中,庄子说道:"人之生,气之聚也。聚则为生,散则为死。……通天下一气耳。圣人故贵一。"美与丑,腐朽与神奇,都是相对的,它们无差别的根源在于其本质都是"气"。孟子从人格修养的角度论气,提出"我善养吾浩然之气"的观点,孟子的可贵之处在于,他把气落实于人的神色举止中,彰显了气之生命力的维度。《管子》四篇提出了精气说,在《内业》篇中提出:"凡物之精,此则为生,下生五谷,上为列星。"精就是气,"精也者,气之精者也"(《内业》)。人也是由其产生的,"人之生也,天出其精,地出其形,合此以为人"(《内业》)。在《管子》四篇中,"气"已经上升为宇宙的根源和本体这一高度,完成了先秦哲学气本论的发展。到了魏晋,阮籍、嵇康、杨泉等非常重视"气"这个范畴。而在其语境下产生的画论命题"气韵生动"(谢赫)、文论命题"文以气为主"(曹丕)都带有鲜明的生命美学色彩,也很好地勾连了哲学本体论与文艺批评观念。

庄子曾经与惠子有过一场辩论,于是有了"游鱼之乐"的典故。当惠子问庄子"子非鱼,安知鱼之乐?"时,省却中间过程的逻辑论辩,庄子最后结于"我知之濠上也"。两位哲学家分歧的本质在于其看世界的方式不同,惠子是以理性和科学的态度,是一种认识论;庄子则是以诗性的眼光来看世界,是一种存在论。认识论的惠子把游鱼作为对象,而存在论的庄子则与鱼同游。庄子是一种审美的态度,其实现是人与自然和谐一体,其前提则是自然天地之美的颂扬。可以说,庄子"逍遥游"存在观是建立在"大美无言"的天地论基础之上的:"天地有大美而不言,四时有明法而不议,万物有成理而不说。圣人者,原天地之美而达万物之理。是故至人无为,大圣不作,观于天地之谓也。"(《庄子·知北游》)

儒家对自然美的谈论并不多，基本可以从孔子《论语·雍也》中那句"知者乐水，仁者乐山"开始："子曰：知者乐水，仁者乐山。知者动，仁者静。知者乐，仁者寿。"这无疑彰显了人与自然和谐统一的诗性智慧。可以说，"孔子的人伦道德与生态道德是一致的，做仁人志士与乐山乐水不仅不相矛盾，而且是相互促进、相互融通的"①。问题在于，为什么孔子的道德比附是有选择性的？山能否比附为智、水能否比附为仁呢？显然讲不通。可见，此处看似一种道德伦理却是以自然事物的形象特征为基础，实际上是审美选择。可见，"以自然物比'德'，并非纯为人的主观想像（象），其内在基础是'异质同构对应'及其与人形成的实际关系"②。这一自然形象的"比德"观对后世影响很大，成为中国文学观念的重要传统。只是到了魏晋南北朝时期，随着对自然美认识的深入，又出现了"畅神"观，即强调自然景物本身具有愉悦身心的特质，无需比附为一定的道德品质后才为人所欣赏。这一观念无疑是南北朝山水诗盛行的重要驱动力，成为中国文艺观念的重要革命，可谓文艺创作对自然的第一次真正发现。

### 三、中国传统文艺批评的生态向度

中国传统的生态智慧不仅体现在哲学与美学理论中，还表现在文艺批评观念与批评实践中。一方面，以"天人合一"为基调的古典哲学构成了文艺批评的认识基础，使得文艺批评多以自然为参照系；另一方

---

① 任俊华、刘晓华：《环境伦理的文化阐释——中国古代生态智慧探考》，长沙：湖南师范大学出版社，2004 年，第 172 页。

② 任俊华、刘晓华：《环境伦理的文化阐释——中国古代生态智慧探考》，长沙：湖南师范大学出版社，2004 年，第 141 页。

面,如果我们将中国古典文艺批评看作文学作品的话(事实上这也是学界的一个普遍看法),动植物、自然景象等自然事物构成了批评文本的重要意象,这也反映了中国传统文艺批评所内蕴的生态向度。

在文学本体论上,刘勰的《文心雕龙·原道》从人与自然的关系上立论,指出:"文之为德也大矣,与天地并生者何哉? 夫玄黄色杂,方圆体分,日月叠璧,以垂丽天之象;山川焕绮,以铺理地之形:此盖道之文也。仰观吐曜,俯察含章,高卑定位,故两仪既生矣。惟人参之,性灵所钟,是谓三才。为五行之秀,实天地之心,心生而言立,言立而文明,自然之道也。"这一段话一方面阐明了文学与自然的天然性共生关系,另一方面凸显了人作为文学主体在天地人心之间的文学意义表达之独特性与作用。

中国古诗强调格律与押韵,从直接层面来看,它表征了文学语言的音乐性与情感节奏;而从深层文化根源来考究的话,不难发现,"'律'、'韵'范畴,把天地万物皆备的节奏、秩序和规律作了艺术特性上的提升"①。中国书法从本质上来说就是一种生命艺术,它的批评范畴如"笔势""筋血骨肉"等都显示出其鲜明的生命美学特征。

"自然"与"真"两大范畴在中国古典美学中有着紧密联系,如庄子所言:"真者,所以授予天也,自然不可易也。故圣人法天贵真,不拘于俗。"(《庄子·渔父》)在艺术评价的标准上,真实性一直是历代批评家所青睐的尺度,这一点如果说表现在传统的诗歌解读上还不太明显的话,在绘画作品中就容易落入追求形似的窠臼中。这不足为怪,绘画语

---

① 任俊华、刘晓华:《环境伦理的文化阐释——中国古代生态智慧探考》,长沙:湖南师范大学出版社,2004年,第131页。

言色彩和线条的形象性是我们接受作品的重要因素。但是，"形似"不等于"真"，更不能代表艺术性高。"真""自然"在中国古代特别是唐代诗画批评中有其特定的含义，张彦远、荆浩、李白、王昌龄等都有对这个范畴的思考和应用。司空图诗论中的"自然"范畴颇能代表中国古典诗歌批评领域的总体倾向。在《二十四诗品》中即有《自然》一章：

> 俯拾即是，不取诸邻。俱道适往，著手成春。如逢花开，如瞻岁新。真予不夺，强得易贫。幽人空山，过水采蘋。薄言情悟，悠悠天钧。①

在这里，司空图所强调的"自然"首先是取境于大自然，其次是具有自然随性的心境，即"真予不夺，强得易贫"。"自然"的这两重意义也是我们讨论艺术自然之性的主要内容。在《形容》篇中，更是对诗歌风格的自然特征做了精彩描述：

> 绝伫灵素，少迴（回）清真。如觅水影，如写阳春。风云变态，花草精神。海之波澜，山之嶙峋。俱似大道，妙契同尘。离形得似，庶几斯人。②

这几句实际上是在告诉人们何谓诗歌意义上的自然，在艺术创作

---

① 司空图：《二十四诗品·自然》，载于何文焕辑：《历代诗话》（上），北京：中华书局，1981年，第40页。
② 司空图：《二十四诗品·形容》，载于何文焕辑：《历代诗话》（上），北京：中华书局，1981年，第43页。

上,诗歌修辞的根本应为体现自然本身,"如觅水影,如写阳春"。而自然本身是灵动的,都有其独特的神态,因此,诗歌造境应该超越形似,而追求传神,要做到"离形得似"。这就使我们不由得想到画论中对"形似"的超越以及关于真实性的讨论。

首先我们来看张彦远论"似"与"真":

> 夫用界笔直尺,是死画也;守其神,专其一,是真画也。死画满壁,曷如圬墁?真画一划,见其生气。夫运思挥毫,自以为画,则愈失于画矣。运思挥毫,意不在于画,故得于画矣。不滞于手,不凝于心,不知然而然,虽弯弧挺刃,植柱构梁,则界笔直尺岂得入于其间矣。[①]

在此,张彦远把"真画"和"死画"做一比较,从传达方式、主体情态和艺术效果等方面一分高下。在传达方式上,如果拘泥于成规,即所谓"界笔直尺",画出的只能是"死画",而真画需要的是"守其神,专其一";在主体情态方面,"自以为画"和"意不在于画"是"死画"与"真画"的分野,其实也就是刻意为之和自然而为的区别。对于这种自然而为的状态,张彦远进一步解释为"不滞于手,不凝于心,不知然而然";在传达和状态上的分别,在艺术效果上都会显现出来,"死画满壁,曷如圬墁?真画一划,见其生气"。

"真画"显现的这几个层面,在张彦远的画论中也有另一个范畴加以呼应,就是"自然"。在论说绘画品第时,他提出了这一概念:"夫失

---

① 冈村繁:《历代名画记译注》,上海:上海古籍出版社,2002 年,第 96 页。

于自然而后神,失于神而后妙,失于妙而后精。精之为病也,而成谨细,自然者为上品之上,神者为上品之中,妙者为上品之下,精者为中品之上,谨而细者为中品之中。"①其中,自然是上上品,是绘画的最高审美境界。结合吴道子的画,张彦远阐释了"自然"这一等次,其创作"神人假手,穷极造化",之所以能如此,全赖画家能"守其神,专其一",再次回到了适才所谈的"真画"。另一位绘画史家朱景玄又是怎么说的呢?同样是赞颂吴道子,他不惜笔墨地加以铺陈:

> 近代画者,但工一物,以擅其名,斯即幸矣。惟吴道子天纵其能,独步当世,可齐踪于顾陆,又周昉次焉。其余作者一百二十四人,直以能画定其品格,不计其冠冕贤愚。然于品格之中,略序其事。后之至鉴者,可以诋诃其理为不谬矣。伏闻古人云:"画者,圣也。"盖以穷天地之不至,显日月之不照。挥纤毫之笔,则万类由心;展方寸之能,而千里在掌。至于移神定质,轻墨落素,有象因之以立;无形因之以生。其丽也,西子不能掩其妍;其正也,嫫母不能易其丑。故台阁标功臣之烈,宫殿彰贞节之名。妙将入神,灵则通圣。岂只开厨而或失,挂壁则飞去而已哉!②

在此,朱景玄高度赞扬了吴道子的绘画成就,将其创作描绘为出神入化、物我两忘的境界,也正是自然的境界,并与他首次在绘画品评中提出的"逸品"等次相通,因为如他所言,"逸品"乃"不拘常法"之作,其

---

① 冈村繁:《历代名画记译注》,上海:上海古籍出版社,2002年,第102页。
② 朱景玄:《唐朝名画录·序》,载于《文渊阁四库全书·子部》,第362页。

中不是没有法度,而是超出一般法则的创造性。

当然,绘画的真实性并不等于"形似"。谈及"形似",不由得使人联想到南朝谢赫所提之"六法",首推"气韵生动"。而张彦远也是继承这一艺术追求,认为气韵远比形似更为高明:"今之画,纵得形似而气韵不生,以气韵求其画,则形似在其间矣。"①换句话说,只有形似而无气韵,虽布局满满,也是"死画"。气韵流出全在传神,而非形似,这也与中国传统绘画的写意特征契合。

庄子提出了"法天贵真"的思想,所谓"真在内者,神动于外",是在强调表里为一,也是真实与自然为一体的主张。这一思想是这一时期艺术追求的重要基础。正如有当代学者指出:"隋唐绘画思想界提倡绘画之道,某种意义上就是对自然境界的推崇。"②在这个意义上,除张彦远、朱景玄外,荆浩的《笔法记》中的观点也值得一提。

真实性问题在荆浩的画论中论述得更为充分,"图真"思想是《笔法记》的核心,也代表了这一时期绘画真实性研究的最高水平。荆浩指出绘画的审美形式经常会有两种毛病,即"有形之病"和"无形之病"。有形之病是画家犯下的低级错误,即通俗意义上的硬伤;而无形之病则是没有生机、气韵。在此,荆浩提出"须明物象之原"。"所谓'物象之原',是指审美物象的本来面目,它指向绘画的真实性,同时也是艺术形式应遵循的审美原则。"③从荆浩对绘画用笔的诊断可以说明,绘画应该在"似"的基础上超越"似",追求真实性,达到更高意义上的"似"

---

① 〔日〕冈村繁:《历代名画记译注》,上海:上海古籍出版社,2002 年,第 57 页。

② 汤凌云:《中国美学通史·隋唐五代卷》,南京:江苏人民出版社,2014 年,第 243 页。

③ 汤凌云:《中国美学通史·隋唐五代卷》,南京:江苏人民出版社,2014 年,第 270 页。

（绝非形似）。更进一步说，"荆浩主张的去'似'取'真'，更多的是强调画家的创造能力，张扬画家的创造精神"①。从另一方面说，这种创造并非天马行空式的随意构造，而是依据客观物象进行创作，是传物象之神，与前述张彦远所言"以气韵求其画"相呼应。"气韵"的有无是"真"与"似"的区别，也是"无形"之大病的征候。可见，包含外在物象与内在生命的艺术之"真"，是荆浩山水画的重要准则，也是可以关涉诸如"形神""意境"等重要美学命题的核心范畴。因此，在实践层面，"图真"是"融会了主体情思与客观生命的艺术创造"②。

书法与绘画、诗歌一样，强调师法自然，这在孙过庭的书论中即为"同自然之妙有"。这一观点是他在讨论书之笔画时论及的：

> 观夫悬针垂露之异，奔雷坠石之奇，鸿飞兽骇之资，鸾舞蛇惊之态，绝岸颓峰之势，临危据槁之形。或重若崩云，或轻如蝉翼；导之则泉注，顿之则山安；纤纤乎似初月之出天崖，落落乎犹众星之列河汉；同自然之妙有，非力运之能成；信可谓智巧兼优，心手双畅，翰不虚动，下必有由。③

我们再来看文学。古人论诗论文最喜用"真"，李白诗中对美的要求就是"真"，如其论诗之诗云："圣代复元古，垂衣贵清真""清水出芙蓉，天然去雕饰"。论画诗《求崔山人百丈崖瀑布图》写道："闻君写真

---

① 汤凌云：《中国美学通史·隋唐五代卷》，南京：江苏人民出版社，2014年，第273页。

② 吴冬梅：《中国画"图真"论》，北京：清华大学出版社，2011年，第38页。

③ 孙过庭：《书谱》，载于《历代书法论文选》，上海：上海书画出版社，1979年，第125页。

图,岛屿备萦回。"在李白的七绝中,山水美景呈现在眼前,写景抒情手法自然天成,给人以清新真切之感。其如画诗境与诗人的浪漫童心密切关联。对于"真"的艺术追求,白居易在其画论《画记》中有详细的论述:

> 画无常工,以似为工;学无常师,以真为师。故其措一意,状一物,往往运思中与神会,仿佛焉,若驱与役灵于其间者。……今所得者,但觉其形真而圆,神和而全,炳然,俨然,如出于图之前而已。①

白居易在《画竹歌》中也有"萧郎下笔独逼真,丹青以来惟一人"的赞颂。李白、白居易对"真"的理解在总体上与画论家的观点是一致的,指向超越形似的气韵与生机,达到返璞归真的自然境界。

总之,从文艺批评观念的发展演变来看,"自然"这一范畴不再拘泥于物象意义上的艺术题材,而是表征清新脱俗之艺术风格的衡量标准。对于当下大自然文学批评而言,其在自然题材上表达生态关切的价值诉求之外,如何在文学性上展现其魅力,中国古典文艺批评提供了参照。

综上不难看出,建构大自然文学批评的理论基础,需要回溯到中国古代生态智慧中,无论是"自然"概念的哲学意义发展和批评维度的指向,还是中国古典美学中的相关理论命题,都为我们的大自然文学批评

---

① 白居易:《画记》,载于俞剑华:《中国古代画论类编》,北京:人民美术出版社,1998年,第25页。

范式提供了借鉴。需要说明的是，中国古代生态智慧和大自然艺术，与当下的大自然文学创作与批评之间，存在着巨大的语境论鸿沟，即生态危机与重返自然的召唤，而中国当代美学中的自然生态维度，则很好地填补了这一不足。

## 第三节　中国当代自然生态审美的理论向度

"自然生态审美"的说法有没有逻辑弊病？这个问题在一些场合有过争论，如有学者指出这一说法逻辑混乱，无法将其译为英语。目前就笔者所见，学界使用此概念的主要有曾繁仁和赵奎英两位教授。曾繁仁在《论生态美学与环境美学的关系》一文中就指出，"从美学的自然生态维度来说，生态美学与环境美学都属于自然生态审美的范围"①。在另外场合他也表述为"自然生态美学"。可见，曾先生是以研究范围的界定视角来使用这一表述的。赵奎英则侧重于对这一表述的逻辑关系加以探究，在《论自然生态审美的三大观念转变》一文中她论证了"对自然加以生态地审美何以可能"的问题。鉴于本文的研究内容与思路，笔者更多地借鉴曾繁仁先生的做法，把新时期自然美学、环境美学和生态美学的理论资源涵括在"自然生态审美"这一表述中。其中有一个前提，生态美学在其研究范围上无法囊括自然美本质问题的研究，那么，本文的主题词亦可以分解为"自然审美"与"生态审美"两部分。虽然如此，笔者仍然认为此二者当属同一问题域，在其建构中国美学话语形态过程中具有相近的理论境遇与时代担当。

---

① 曾繁仁：《论生态美学与环境美学的关系》，《探索与争鸣》2008 年第 9 期。

## 一、新时期自然生态审美理论的生成语境与问题域

自然是审美活动的重要领域,自然美作为一种审美形态在美学史发展中占有非常重要的地位,到了近现代美学更是激起美学理论属性讨论的枢纽性问题。与美的本质问题息息相关,中国当代美学特别是20世纪五六十年代美学大讨论中即有很多关于自然美问题的论争。当然,美学大讨论中各派对自然美的看法是与其对美的本质界定的基本观点一致的。或言之,讨论美的本质必然要触及自然美的欣赏机制,用朱光潜的话来说,自然美问题是解决"美究竟是什么"问题的"一大块绊脚石"[①]。朱光潜的做法是强调自然美与艺术美都具有意识形态性,或者说都是经由主体的意象化生成。蔡仪主张自然美的客观属性,看似与西方环境美学中的"自然全美"的观点相同,其实蔡仪所言只是对自然美进行属性界定,而环境美学有程度上的量化强调。李泽厚则以"自然的人化"奠定了实践美学的基调。刘悦笛等学者在比较了朱光潜主客观统一说与李泽厚的社会实践论观点之后,认为"实践美学的更为高明的地方,就在于提出了这种主客统一的本源到底在哪里"[②]。将人类的实践作为美的本源,是马克思主义美学中国化的理论结晶,也是一定历史语境中对自然美进行理论阐释的重要方式。然而,实践美学在审美活动中强调审美主体的本质力量,将自然审美赋予社会实践的类本质,规定自然的属人特征,属于典型的人类中心主义。中国新时期

---

① 朱光潜:《美必然是意识形态性的——答李泽厚洪毅然两同志》,《学术月刊》1958年1月号。

② 刘悦笛、李修建:《当代中国美学研究(1949~2009)》,北京:中国社会科学出版社,2011年,第497页。

自然生态审美问题的讨论,从某种意义上说是对 20 世纪五六十年代美学大讨论的再出发,更是对实践美学自然审美观念的超越。在本文其后的讨论中将会看到,自然生态审美的各大理论向度都着重讨论了人在自然审美中的角色地位问题。

如果说美学大讨论特别是实践美学的自然美观点是当代自然生态审美思想的一大生成语境的话,西方环境美学、生态学思想的引入则可看作另一语境。几乎所有的自然生态审美理论都把西方思想资源作为自身言说的起点或背景。曾繁仁在面对西方自然生态思想时做到了"点与面"的结合:一方面从 18 世纪维柯的"诗性智慧"开始全面梳理;另一方面又将重点放在海德格尔的存在论美学与当代环境美学的阐发上。彭锋的自然美问题研究多以西方环境美学为问题域,如对环境美学审美模式的分析,对"自然全美"命题、"如画"范畴的深度探究,无不是环境美学在中国传播与发展的重要体现。

就译介来说,环境美学集中被引入中国学界应该是在 2005 年之后。当然我们不能以此作为中国自然生态审美问题探索的契机,因为 21 世纪初相关讨论已成燎原之势。但如果顺势将中西方做对照研究,可能更符合这一问题域的本真。如曾繁仁认为西方环境美学与中国当代生态美学的一个共同立场在于,它们都是对传统美学忽视自然审美的突破。① 笔者赞同曾先生的这一判断,只是需要补充说明的是,"传统美学"意指黑格尔将美学框定为艺术哲学影响下的西方现代美学;当然西方现代美学也并非铁板一块,其自然问题的美学探索在一些美学流派中并未停歇。

---

① 曾繁仁:《论生态美学与环境美学的关系》,《探索与争鸣》2008 年第 9 期。

基于中国当代美学发展与西方环境美学影响的双重语境,新时期自然生态审美理论在多种向度展开,也体现出自然审美中人的在场/退隐、美学理论建构的西方资源与本土立场的关系等多个问题域。

　　自然生态审美的理论形态存在哪些向度?对这一问题的解答可以构成本文的骨架。与此相关,周维山把中外生态美学总结为三种理论形态,分别为生态知识型、生态价值型和生态体验型。① 虽然周先生是在谈生态美学,但是就其所涉内容来看,其实就是自然生态审美这一宽泛主题。并且,周文用这三种理论形态近乎将中外自然生态审美理论"一网打尽",这一看似全能的理论工具隐藏着很大的风险。首先,以生态知识为前提的自然审美如卡尔松的自然审美的环境模式,一方面强调生态科学知识,另一方面也是生态功能主义者,生态知识与生态价值兼具,这就使得类型归属具有相对性。其次,对中国生态美学的归类也有待商榷。如程相占的生态观被贴上"生态价值型"的标签,但就理论旨归而言更倾向于"生态体验",即一种"审美交融"或"审美参与";而被周文列为生态体验型的曾繁仁生态美学思想,如果仅以"体验"蔽之,显然无法呈现其存在论蕴涵。依本文之见,曾繁仁及赵奎英的生态美学观主要运用海德格尔等人的生态存在论思想,将自然审美中的主体"下放",即现象学的"在之中""人与自然一体",所以他们强调只有将自然看作家园,主体处于一定的状态(采用一种恰当态度),才能真正实现对自然的生态审美。

　　生态美学倡导者曾繁仁认为生态美学研究的推进会对美的本体、

---

　　① 周维山:《生态审美如何可能——中国当代生态美学的理论困境探析》,《文艺理论与批评》2015 年第 3 期。

自然美、艺术美等问题产生重要影响，这就触及自然生态审美理论的批评效用问题，即如何阐明自然艺术（包括自然生态文学）的审美属性。笔者曾著文《对自然文学之哲学基础的反思与重构》①，依据西方自然生态审美理论提出了大自然文学审美机制的复杂性。结合当代中国美学话语来进一步探究，代迅虽以朱光潜、李泽厚、蔡仪、高尔泰等当代早期美学家自然美思想为对象来反思中国当代美学的缺失，但其思路对于反思当下生态美学很有启发。如他提出中国当代自然美研究对艺术中表达的自然美、人工创造的自然美和原初状态的自然美并没有明确区分，而审美态度的恰当性是将中国当代美学中的自然美思想继续推进的关键性因素。②

综上所述，中国新时期自然生态审美研究虽然有了长足的进步，并取得了一定的成果，但由于对自然生态审美理论成果缺乏全面观照，也就没有准确提出有概括力和阐发性的理论向度；由于探究视角所囿，理论形态与批评效用成了互不搭界的"两张皮"，这一点虽为当代美学研究的通病，但在自然主题的文学艺术研究与批评中却不失为很大的缺陷。鉴于此，笔者系统梳理中国新时期美学中关于自然生态审美的理论形态，以生态存在论、自然美本体论和景观功能论三大向度呈现。应该说这一提法重新确立了自然美研究的理论版图，特别是将自然美本体论纳入自然生态审美的视野，形成与西方当代环境美学、身体美学等前沿话题的有效对话，并能对 20 世纪五六十年代美学大讨论中的重要

---

① 韩清玉：《对自然文学之哲学基础的反思与重构》，《西南民族大学学报》（人文社会科学版）2017 年第 2 期。

② 代迅：《审美态度的恰当性：中国当代美学的自然美》，《社会科学战线》2011 年第 4 期。

观点加以审视,本身即为对当代美学研究的一种丰富。在研究方法上,我们集中于各理论向度共同面对的问题域,如"人的在场"、自然审美的价值指向等,这种不同理论倾向的比较分析可以实现当代自然生态审美理论的立体建构,把自然美的问题纳入生态文明建设的语境,为自然主题的文学艺术批评筑建哲学基础和学理支撑。

## 二、自然生态审美中的存在论

较之以自然为客观对象的自然审美研究,新时期生态美学更为看重人与外界环境的共生关系。早在 2000 年,徐恒醇对比了自然美与生态美,认为自然美只是自然界自身具有的审美价值,而生态美则是人与自然生态关系和谐的产物,是以人的生态过程和生态系统作为审美观照的对象。① 此一概括虽然精辟地指明了生态美学与传统自然审美研究的迥异之处,但也存在进一步阐发之必要。首先,"生态美"的提法是否恰当? 自然美在传统美学中是与社会美、艺术美、科学美、技术美等参照而言的,而作为生态美学唯一研究对象的生态美,是否可以作为一个范畴存在呢? 相对于徐恒醇的观点,陈望衡虽然也区分了自然美与生态美,但其认识更为深入,他认为生态美并非像自然美、艺术美等作为美的形态,而是美的本质属性,首先凸显在环境美之中。② 当然持生态美之说者并非徐恒醇一人,在此仅提出质疑,下文中仍然沿用诸学者对生态美概念的使用。其次,说生态美是人与自然之间的关系,这无形中缩小了生态一词的概念指涉,而曾繁仁认为生态美学有狭义和广义

---

① 徐恒醇:《生态美学》,西安:陕西人民出版社,2000 年,"导言"。
② 陈望衡:《生态美学及其哲学基础》,《陕西师范大学学报》(哲学社会科学版)2001 年第 2 期。

之分,他倾向于广义的生态美学,即研究人与自然以及人与社会和人自身处于生态平衡的审美状态。①

就其总体而言,生态美学是以"生态整体主义"为理论指导的。曾繁仁认为生态整体主义"是一种包含了'生态维度'的更彻底、更全面、更具时代精神的新的人文主义精神,也可以将其叫做(作)生态人文主义精神"②。生态美学是在呼唤本土化话语创新的语境下生成的,虽然充分汲取了海德格尔存在哲学的思想智慧,也多以当代西方环境美学的前沿理论为参照,但是从其根本上而言,它是中国当代美学的重要话语建构。

曾繁仁把自己的存在论生态美学观看作对实践论美学的超越,主要是突破了实践美学之"人本体""情本体"与"工具本体"。关于生态美学与实践美学的关系,我们也应该辩证地看。一方面,以存在论为根基的生态美学克服和超越了实践论的主客二分特征,把人与世界(包括自然界和人类社会)的认识、改造关系转变为人在世界之中的存有共生关系;另一方面,生态美学并不是对实践美学的彻底否定,按照曾繁仁自己的说法,存在论美学是以社会实践为基础的。把实践活动看作一种存在论意义上的,其中的鸿沟如何填平?换言之,或许在审美意义上能够实现一种存在之境,那么在其现实性上呢?人与自然的对象性关系如何被超越?这仍是生态美学需要进一步深化的理论命题。如此一来,我们还可以进一步对生态美学加以诘问,树立人与自然的平等对话关系这一价值尺度,但是这一尺度终究还是作为思维主体的人所制定

---

① 曾繁仁:《试论生态美学》,《文艺研究》2002 年第 5 期。
② 曾繁仁:《当代生态文明视野中的生态美学观》,《文学评论》2005 年第 4 期。

的审美伦理抑或生态伦理尺度,这似乎又陷入了另一重"人类中心"的旋涡。周维山认为生态本身无所谓审美,只有在实践中才有生态美的问题。这一说法似乎又回到了实践美学中"自然的人化"这一原点。

曾繁仁的生态美学体系以生态为立足点与问题域,较之于传统的认识论与实践美学,是一种美学立场的范式转换。如果再加以纵深探究的话,就势必追问生态的审美机制是怎样的。同样致力于生态美学研究的赵奎英教授也是以海德格尔为理论原点探求生态审美的深层机制。她认为康德的审美观念是一种"审美利己主义"的人类中心主义,"只有当一个人作为栖居者站立在家园之中,从自然内部经历自然生命的涌动,遭遇自然存在的本现,为自然的内在光辉所照亮,获得切近生命存在的感动,对自然的生态审美经验才会真正发生"①。在自然如何审美的问题上,赵奎英澄清了康德形式主义的审美大一统,认为自然审美本身即具有存在论的倾向:"我们只有关心自然的存在,对自然的审美才可能是生态的。"②关心自然存在本身而不是自然形式,这本身还是审美经验吗?赵奎英的回答是肯定的,她给出了两条理由:首先,这一关心是无(实用)目的的;其次,这里的存在是与现象统一的存在论意义上的存在,是"存在者整体",是一种生命的存在。并且她从"显现"与自然景物审美的感性因素如线条、色彩、形状关系来论证,认为"对存在的关注也是对存在的显现和现象的经验,它依然保持着审美的直接性和感性品格"③。当然从形式到存在的生态审美转变,在逻辑性与现实性上都导致了"自然全美"的结论。虽然赵奎英多取法于西方哲

---

① 赵奎英:《论自然生态审美的三大观念转变》,《文学评论》2016 年第 1 期。
② 同上。
③ 同上。

学与美学,但她并没有对当代环境美学的前沿理论亦步亦趋,而是做批判性参照。针对伯林特的自然环境"审美介入论",她有自己的独立思考:"就是在今天来看,审美仍然是不能像伯林特那样完全拒绝康德的'审美无功利说'的。实际上也只有当我们超越对自然的实际功利时,真正的审美介入才能发生。"①这似乎又回到了康德美学意义上的论证循环,康德在论证美与德性之间的关系时,首先完成了美作为独立疆域的合法性论证,然后再寻求其与德性的关联,得出"美是德性的象征"这一结论。只是,自然的审美介入如何能超越人们对自然本身的知性理解与实践考量,实现一种反思判断呢? 这仍然是需要进一步思考的问题。

关于对生态审美的理解,程相占认为生态审美不是相对于艺术审美而言的,也就是说,不是仅仅将生态作为审美对象,而是作为一种方式视角或审美意识,它的反面是没有生态意识的审美,因此,生态审美即"生态地审美"②。如何对物象加以生态地审美呢? 这种生态意识是主体习得的生态知识,还是通过身体切身得来的生态情感呢? 这些都为生态美学提出了新的课题。

将西方环境美学作为中国自然生态审美理论的语境来谈固然重要,而如果将二者并列来看,会发现其理论旨趣有所不同。这一问题诸多学者均有不同程度的涉及,而其中周维山对环境美学与生态美学的区分甚为简明扼要。他认为,"西方环境美学的诞生和发展与西方美学长期对自然美的忽视有关,它主要关注环境审美特征的研究;而中国生

---

① 赵奎英:《论自然生态审美的三大观念转变》,《文学评论》2016年第1期。
② 程相占:《论生态审美的四个要点》,《天津社会科学》2013年第5期。

态美学的诞生和发展则与实践美学的理论缺陷有关,它主要关注生态审美观念的探讨。西方环境美学借助生态学指向环境本身的审美欣赏,而中国生态美学则借助生态学指向人与环境的和谐生存"①。进而他总结道:相较于西方的环境美学,中国的生态美学是生态人文美学。其中,伯林特的自然环境观比较接近生态美学,他强调人在自然中,提出需要人的全部感官参与其中的"参与美学"理论模式。

随着研究的深入,曾繁仁将中国古代哲学作为生态美学建构的更为重要的基础,重视"天人合一"这一中国传统文化的哲学基点,强调中国古典美学中"生生不息"这一基本内涵,以凸显生态美学建构中的中国文化元素。结合"新时代美丽中国建设"的当下语境,曾繁仁将"绿色与生命"作为生态美学的基本内涵。② 这些都说明生态美学是生长性的理论学说,从这个意义上说,我们似不能把曾繁仁的美学思想看作中国生态美学的系统总结,而应看作重要开启;中国生态美学是新时期特别是 21 世纪以来美学发展的重要理论形态,曾繁仁的生态美学更多应该是这一形态的自觉建构,无论是理论基础、美学范畴还是批评范式,都还有进一步发展与阐述之必要。

### 三、自然生态审美中的自然美本体论

2008 年,刘悦笛撰文指出中国学界在自然美学与环境美学领域研究存在两大症状:一是将二者混为一谈;二是以局部译介和研究为主,对自然美学与环境美学的整体图景的观照不足。他认为除当代西方环

---

① 周维山:《试论中国生态美学的学科定位——从中西生态美学比较的角度》,《文化研究》2017 年第 4 辑。
② 曾繁仁:《发展生态美学　建设美丽中国》,《人民日报》2018 年 6 月 22 日。

境美学外,中国传统的"自然审美范式"可以成为"环境范式"中的另一种范例。① 这一观点在逻辑上似有抵牾之处:一方面主张自然美学与环境美学不能混为一谈,另一方面又把中国传统自然审美(自然美学)标识为一种"环境范式"。如果说中国古典自然审美体现出的是"家园意识"的话,这一存在论的意义指向显然不是环境美学所追求的理论旨趣。也是在同一年,刘成纪出版了《自然美的哲学基础》一书。他在书中指出中国当代自然美问题的研究存在两大症候:一是自然美与生态美、景观美、环境美的主次关系没有考虑清楚;二是生态、景观、环境这三个词的词性和层次关系没有得到关注,②他认为这造成了概念分类上的混乱和范畴使用上的随意性。进而,他将生态美界定为美的物性论或本质论,将景观美界定为美的现象学,而将环境美界定为美的价值论。他更倾向于将三者统归于自然美这一整体中,并为了区分机械自然观,将当代自然美研究称为新自然美学。

那么生态美与自然美之间是一种什么关系呢? 在刘成纪看来,生态美更多是一种观念形态的东西,而自然美既是观念性的存在,又是现象的存在。"所以生态美不可能代替自然美,它只是自然美的一种本质属性。同样,所谓的生态美学,应该说是一种带有美学意味的生态哲学,它不能代替自然美学,只可能构成真正的自然美学的基础。"③刘成纪关于生态美与自然美关系的界定虽然具有逻辑上的自洽性,但在其现实性上,这一界定势必造成对生态美学存在之合法性的拷问。即是

① 刘悦笛:《自然美学与环境美学:生发语境和哲学贡献》,《世界哲学》2008 年第3 期。
② 刘成纪:《自然美的哲学基础》,武汉:武汉大学出版社,2008 年,第286 页。
③ 同上。

说,作为观念形态的生态美在现象层面是如何显现的？很显然,自然美是其(至少一种)显现方式,那么生态美与作为观念性的存在的自然美又是什么关系？此外,将生态美学界定为生态哲学,即使强调其内含的美学意味,也是对其美学属性的遮蔽。

刘成纪对当代美学自然美研究的症候反思也是以实践美学"自然的人化"为基点,他将"自然的人化"细化为自然的感觉化、情感化、伦理化、实践化、语言化。接着,他敏锐地指出中国当代自然美研究的一大矛盾为"既讲人对自然的无限介入又要自然在美中保留它的真身"[1]。人作为审美的主体,在自然审美活动中究竟扮演什么角色？这是生态美学试图超越实践论美学却又"欲罢还休"的关节点。侧重自然美本体论探究的刘成纪认为:

> 人,作为一种无处不在的认识主体和价值主体,他的离场却似乎没有现实的可能性。我们可以从理论上谈搁置主体,让自然自行现身,但自然就其作为自然对象而言,它的存在却无处不体现出被人认识和发现的痕迹。[2]

基于以上基本认识,刘成纪在对自然人化这一美学理论定式加以质疑的同时,提出了另一种自然美建构的可能路径:一方面遏制主体的无限扩张,另一方面通过建立人与自然的本质关联实现对自然本身的认识。换言之,对自然美的本体论建构需以重构人与自然的关系为前

---

① 刘成纪:《自然美的哲学基础》,武汉:武汉大学出版社,2008 年,第 11 页。
② 刘成纪:《自然美的哲学基础》,武汉:武汉大学出版社,2008 年,第 16 页。

提。存在论意义上的人是"在世界中"的,是自然界的一部分;但存在之为存在还在于人对存在意义的感知,人作为"认识"主体仍然具有合法性身份。就审美活动的基本要义而言,无论是对自然美的发现还是艺术美的创造,其主体都是人。但是肯定人作为主体并不代表着后退到传统审美观念的窠臼中,因为长久以来审美观念"不但预示着人要理性地面对审美对象,而且在审美活动中,预设了人的主动性与物的被动性、人的活跃性与物的死寂性"[1]。自然的本真存在应该是现象学意义上的"显现",正如刘成纪所认为的,"自然物象,就其作为自然生命向形象涌现的特质而言,它首先是自在,然后才是为人而在。人不可能成为物象存在的第一根据,它的第一根据只可能在自然本身"[2]。刘成纪将身体的感性认识能力作为自然美的主体基础。与很多学者主张自然生态审美观念在西方美学史上的当代创新不同,刘成纪把强调身体、感性与情感的现代美学看作与古典美学传统的对抗,"这种对抗使人对自身的认识达到前所未有的深度,使关于生命深渊的体验成为现代美学的主导性体验"[3]。

如果以西方当代美学为参照反思"自然审美如何超越人类中心主义的羁绊"这一宏大主题的话,或许可以加深对这一问题的理解。彭锋在检视了阿多诺、卡尔松等人关于自然审美的观点之后,认为既有的自然美学与环境美学都没有摆脱前卫艺术所力图挣脱的人类中心主义,没有"将自然作为自然本身,并且为了自然本身的特性去欣赏自然"[4]。

① 刘成纪:《自然美的哲学基础》,武汉:武汉大学出版社,2008年,第159页。
② 刘成纪:《自然美的哲学基础》,武汉:武汉大学出版社,2008年,第32页。
③ 刘成纪:《自然美的哲学基础》,武汉:武汉大学出版社,2008年,第86—87页。
④ 彭锋:《环境美学与超人类立场》,《哲学动态》2011年第3期。

然后彭锋将目光转向韦尔施,并对其提出的将人定义为"作为与世界关联的存在之人"产生极大兴趣。韦尔施此论颇有存在论的意味,与中国生态美学建构的存在论立场也就不谋而合了。彭锋将自然审美看作人类最原初的经验形式,即人的自然审美经验是最为基础与原生的。

只是审美经验与审美形态是不同层面的问题,自然美是美的形态,而自然审美则是审美经验。在二者的区分上,刘成纪的工作是卓越的。在其方法论意义上,刘成纪从阿多诺所主张的人与自然非同一性观念出发,指出:"人首先意识到人与自然的异质性,进而以非同一性思维面对与人对立的自然,最后以'以物观物'的方式让人回到他物性的本源,同时也使自然摆脱人的钳制而自行显现自身。"①在刘成纪看来,自然美并不是质料或形式等自然审美要素的单向切割,而是"有其内部决定因的生命之美,这种内在生命的流溢和充盈,使其向美的形式开显"②。他并指出这种生命之美不仅存在于有机物中,无机物的自然存在同样是生命之美的盛情绽放。自然美在其本质上就是"物自生成、物自显象的美"。他主张先有美,再审美,建立在美之先在性基础上的审美才符合逻辑。

如果说刘成纪对自然美的本质进行了较为深入和透彻的探察,那么自然美的特征则是这一问题的另一面。西方环境美学将自然美的基本特征界定为"自然全美",这一命题在中外美学研究中备受关注,其中彭锋给出的诠释是对自然美本身的一种建构。他认为:"自然物之所以是全美的,并不是因为所有自然物都符合同一种形式美,而是因为所

①　刘成纪:《自然美的哲学基础》,武汉:武汉大学出版社,2008 年,第 18—19 页。
②　刘成纪:《自然美的哲学基础》,武汉:武汉大学出版社,2008 年,第 26 页。

有自然物都是同样的不一样的美。就自然物是完全与自身同一的角度来说,它们的美是不可比较、不可分级、完全平等的。"①从这一观点的生成过程来看,彭锋对"自然全美"命题的研究与探索是历史性的:他基于卡尔松等肯定美学的理论语境,将之溯源至古希腊时期的自然观念与庄子的自然之道,并与浪漫主义文学艺术相映照,特别是以 19 世纪前后风景画家的绘画观念佐证。无独有偶,刘成纪不仅从哲学美学的理论视角观照自然美问题,而且从自然主义、浪漫主义等文学艺术思潮来审视自然美;有时也以审美意识的美学观来论证自然美的呈现方式,如他认为作为"物语"存在的寓言和童话是人类可以理解又为自然立言的方式。他的这些视角形成了自然美问题的立体图像。

此外,刘成纪主张从生命的层面来理解审美者与审美对象的关系,即建立人与审美对象在生命体意义上的平等关系。可问题是作为平等生命的人与自然都是实然性存在,并不能构成审美关联的必然逻辑。他自己也意识到这只能构成一个前提而不是全部,"生命虽然构成了人与自然审美关系的基础,但它却无法成为审美活动的直接对象"②。一方面,刘成纪认为自然美本身就有独立自成的特性;另一方面,它的最终实现又要依赖于人的审美判断。刘成纪认为这是两个层次的问题,笔者却认为没有实现的审美不能算作美的形态,或者说,自然美的本己性本身是不存在的。

结合自己所秉持的自然美本体论立场,刘成纪进一步认为生态学意义上的自然指向是生命自组织系统中的自然。他提出了生态美学在

①　彭锋:《完美的自然》,北京:北京大学出版社,2005 年,第 5 页。
②　刘成纪:《自然美的哲学基础》,武汉:武汉大学出版社,2008 年,第 184 页。

审美机制上的难题:"在人与自然界的各种有灵的生命之间,到底还有没有一个被所有生命共遵的审美标准,到底有没有被所有生命主体共享的生态美学存在呢?"结合之后的分析,刘成纪给出的答案是肯定的:"对有生命及其运动的热爱却铸成了审美标准的同一性,也即超越自然与人类之上的人、物混同的美,是一种生态学意义上的动态生命之美。"①需要说明的是,虽然刘成纪主张生态美学的生命意义指向,但这已经不是新时期热议的生命美学,而具有了自然生命体之间的依存相生的蕴涵。

综上,虽然自然美问题本身在整个美学史中具有深厚的理论资源,加之20世纪五六十年代的美学大讨论正是以自然美为重要问题域的,但是在生态美学与环境美学的发展语境下讨论自然美本身,更是自然生态审美话语建构所必需的。

### 四、自然生态审美中的景观功能论

毋庸讳言,中国新时期自然生态审美理论的发展离不开西方环境美学的影响和触发,这一点我们在前文已经指出。需要进一步说明的是,西方环境美学多带有人类中心主义的痕迹②,而受其影响的中国自然美本体论与生态存在论者,都摆脱了人类中心主义的痼疾,也实现了对西方环境美学的超越。如此说,并不意味着环境美学在中国没有市场,陈望衡等对其的中国化改造构成了自然生态审美理论的重要维度。

当代中国环境美学的重要代表学者为陈望衡和程相占,前者试图建构环境美学的理论体系,以西方环境美学为骨架形成了关于环境美

---

① 刘成纪:《自然美的哲学基础》,武汉:武汉大学出版社,2008年,第274页。
② 卡尔松除外,他应该算作生态中心主义者。

的一般原理;后者则以《中国环境美学思想研究》为主要成果,以中国传统环境美学思想为依托,探索了环境美学的审美方式、审美对象和审美价值问题,本土化意识和当下关怀渗透其中。

陈望衡认为环境美的本体是景观,他认为"景"是可感知的事物,"观"则是主体心理因素。环境美是自然与人共同创造出来的,其实现有赖于主体心理与客观景物的相互作用与统一。景观包括自然而又不限于自然,还包括人文与科技。陈望衡的环境美学还是以人为主体和价值导向的主客二分思维模式,环境美学在其彰显环境规划这一现实指导意义的同时,也体现出强烈的人类本位的价值立场。他提出将环境变为景观是环境美学的使命,在其实践层面把包括自然在内的外在环境变成人所期待的样子。在回答"环境美学是什么"这个问题时,陈望衡提出环境美学视界中的自然美有三个层面,分别为本然的自然(动物—原始)、可然性的自然(人—文明)和应然性的自然(神性—生态)。他坚定地认为解决当前人类生态危机的原则必须以人为本,而不能"以自然为本"或"以生态为本"①。环境美学也讲"家园",视家园感为环境美的根本性质。② 陈望衡在环境美学界定中谈道:"从存在论意义来看,人与环境是同时存在的,没有适宜于人生存的环境,人不能生存;而没有人存在的环境,也就不能称之为环境。"③从这一表述来看,陈望衡这里所谈的还是"属人的环境"或"人化的环境",这似乎又走向了实践美学的泥淖中。所以,此处的存在论,仍然不能把环境独立出来;而强调环

① 陈望衡:《环境美学是什么?》,《郑州大学学报》(哲学社会科学版)2014 年第 1 期。

② 陈望衡:《环境美学》,武汉:武汉大学出版社,2007 年,第 112 页。

③ 陈望衡:《环境美学》,武汉:武汉大学出版社,2007 年,13 页。

境美的"家园感",虽然带有海德格尔的标记,但这是情感意义上的家园意识,与生态美学所阐扬的海德格尔意义上的家园意识断然有别。

陈望衡之所以侧重于从人的角度把握环境美学,其深层逻辑仍需要在对自然美的认识中寻找。陈望衡认为:"归根结底是人的审美活动使自然之美展现出来,但人类并不是将所有的自然都归结为审美对象,并不是所有的自然都可以化为审美对象的,作为审美对象的自然,必须是肯定人的生存、生活、人的情感的那部分自然。"①这一观点从其审美性质来看,仍然是朱光潜主客观统一论的言说;从其立场来看,自然的审美生成仍然是人的审美选择的结果。以此为基础的环境美学建构,虽有"景观"范畴的时代性特征,但仍然显露出传统美学的人本论价值观念与"主客二分"思维方式的痕迹。

深谙西方环境美学发展动向的彭锋教授一针见血地指出,尽管环境美学的研究对象包括园林、建筑等人造景观,但其核心问题仍然是自然审美的问题。② 正是基于环境美学的话语氛围,彭锋提出了自然美欣赏的四大难题:作为审美对象的变动不居与难以确定;作为审美经验的复杂性;起源的模糊性;审美价值标准的不确定性。③ 彭锋对自然美理论的研究多是立足于中西美学史,很好地做到了史论结合。其对环境美学的引入与分析是站在中国话语立场创造性地进行理论资源整合。如对"如画"这一概念的剖析,他在历史性地探析了西方美学史上"如画"概念的生成、发展与滥觞之后,又将视线转向中国古典美学,通过对比中西方在这一概念上的差异,进而揭示其所存在的自然与人文之间

---

① 陈望衡:《环境美学》,武汉:武汉大学出版社,2007 年,第 222 页。
② 彭锋:《环境美学的兴起与自然美的难题》,《哲学动态》2005 年第 6 期。
③ 同上。

的不同偏向。他认为,"就风景来说,西方如画概念,指的是一种风格,即介于优美与崇高之间的风格,基本特征是粗犷、变化和无序。中国如画概念,指的是一种境界或本体论差异。如画山水,必须是虚实相生、真假难辨"①。特别是通过对比中西方差异,彭锋深刻地指出"中国如画概念的后果,是景观的多样性而不是匀质性"。这一饱含人文主义的审美境界,给科学主义自然至上的理论冰冷带来了温度,也更符合我们对自然环境的审美期待。彭锋认为当代环境美学所倡导的介入模式是对"旁观者"的现代审美模式的反拨和对"分享者"的前现代审美模式的回归。② 他借鉴显现美学的思路,得出环境美的本质在于"环境与观察者遭遇时刹那现起的'象'"③。

可见,新时期对于环境美学的反思与建构,一方面是立足于西方话语形态的理论言说,凸显了景观的属人特征;另一方面也带有传统美学的人本色彩。当然,无论是陈望衡、程相占还是彭锋,其将环境美学的深层逻辑落实于自然审美之上,是揭示这一审美形态的正途,其对生态自然审美的理论贡献不可小觑,特别是陈望衡的《中国环境美学》产生了重要的国际影响,是中国自然生态审美理论话语在世界美学舞台上发出的重要声音。

### 五、自然生态审美理论的纵深建构与大自然文学批评

历史的车轮驶入 21 世纪也已经有二十年的光景了,从 1978 年实

---

① 彭锋:《如画概念及其在环境美学中的后果》,《郑州大学学报》(哲学社会科学版)2012 年第 5 期。

② 彭锋:《环境美学的审美模式分析》,《郑州大学学报》(哲学社会科学版)2006 年第 6 期。

③ 同上。

行改革开放算起,已经四十余年,中国社会发展从新时期走向了新时代,面向未来的自然生态审美理论并没有停止纵深建构的脚步。从其发展路径来看,遵从西方哲学美学的学科范式与环境美学的概念范畴,以此为基础展开对传统生态智慧的挖掘与当下自然美原理的生发,是其主调。其中,强化生态审美的理论语境与时代呼求是开拓此研究的重要前提。如程相占为自己的生态美学新成果《生态审美学——康德审美理论的生态诠释与重构》提出的目标是"针对20世纪60年代以来全球范围内日趋加剧的生态危机,反思与批判造成生态危机的思想文化根源,特别是其现代美学根源,针对现代美学的非生态乃至反生态取向,构建能够回应、拯救生态危机的生态审美学"①。继而,程相占提出新的理论基础"生态实在论",并对这一思想进行了阐发:"由生态学科学所揭示的客观世界是客观存在的,生态系统及其构成要素都是毋庸置疑的客观实在之物,如何认识与理解这些客观事物的客观性质是哲学的基本任务。"②如果说生态学可以作为生态审美的建构基础的话,作为知识论的生态科学如何与作为价值论的审美问题进行架构,仍然是需要加以探究的理论难题。可见,作为理论建构的自然生态审美学要走的路还很漫长。

那么在批评实践层面呢?难能可贵的是,随着自然生态审美理论研究的趋于深入,部分学者开始将这一理论建构延伸至文艺批评的实践场域。如刘心恬认为中国新时期艺术的生态审美意识表现在三个方面:以装置艺术等形式传达全球环保理念;以摄影作品反映环境危机,

---

① 程相占:《生态审美学与审美理论知识的有效增长》,《学术研究》2019年第2期。

② 同上。

揭露生态破坏之丑;使用自然物的审美意象,表达对自然美的热爱。①如果说前两个方面是对当代生态危机所作出的呼应的话,第三个方面则是对中国传统艺术自然意象创构的一脉相承。其中值得进一步追问的是,魏晋以来"以玄对山水"的哲性审美观念,至文人画中山水花鸟意象占据主流的题材选择,与今天我们的自然入画倾向,能否笼统地以生态视野加以观照?

可见,自然生态审美理论的实践效用主要集中于自然与生态环保主题的艺术批评中,而这一主题的艺术在美学研究中的一个难题是艺术美与自然美之间的张力。我们以自然文学为例,大自然书写首先是以文学艺术的形式呈现出艺术美的特质,其题材的特殊性又与自然美问题关联。自然美的本体论建构为我们的文本剖析提供了一个视角,而存在论的生态美学观则把文学中的主体因素纳入文学艺术活动的有机整体性之中。可见,中国当代自然生态审美的理论考察是大自然文学批评话语建构的重要工作,也势必推动这一文学形态的发展。

总之,新时期中国当代自然生态审美的理论发展,以中国古代生态智慧、西方环境美学为参照,呈现为生态存在论、自然美本体论与景观功能论等多种形态与建构路径,为自然主题的文学艺术研究和批评提供了更有时代感的哲学基础和美学前提。当下的自然文学艺术研究和自然生态审美思想共同面对生态文明建设的语境,同时也分别是以文学艺术和理论的方式对中国当代社会的时代性解答。

---

① 刘心恬:《中国当代艺术的生态审美意识》,《江苏大学学报》(社会科学版)2020 年第 3 期。

# 第三章　大自然文学与马克思主义生态美学思想

马克思主义生态美学是一个不断完善的课题,就像人类对于自然的认识与实践、作用与反作用一样,都是一个从简单走向复杂、从不成熟走向成熟的过程。在这个过程中,把握马克思主义生态美学的思想逻辑和基本内涵,将有助于我们理解文学作品的生态审美价值,引导并培育全社会的生态整体主义观念,建构一种理性地联结人与自然的审美思想,最终在文学和现实层面共同实现人与自然的和谐发展。正是在这个意义上,我们通过努力梳理和领会马克思主义生态美学思想的基本观点和基本命题,来解读大自然文学现象的审美价值。

## 第一节　马克思主义生态美学中"美的规律"在三个范畴的实现

在中国关于马克思主义美学的研究中,"美的规律"的阐释是一个重要命题。自 20 世纪下半叶马克思《1844 年经济学哲学手稿》的研究兴起以来,关于"美的规律"学说有过多次声势浩大的专题讨论,并且,随着我国文艺现状的复杂化和多元化,关于"美的规律"的理论也在不断地发展、丰富和完善。对"美的规律"的阐释也由最初的保守走向了开放，拓展了"美"的阐释空间。

在《历史与美学之谜的求解——论马克思〈1844 年经济学哲学手稿〉的美学问题》中，朱立元教授指出了"美的规律"的基本内容是：人通过广义的对象劳动时间在认识、遵循对象规律和尺度的同时，把自己衡量对象的尺度和本质力量设为目的，在对象上面加以实现，达到主体尺度与对象尺度、合目的性与合规律性、自由和必然的有机统一，从而与现实（对象）世界建构起特定的审美关系。① 在这段论述中，我们不难发现三个主要元素：人、实践和美。即人通过实践获取美感。再进一步讲，联结人和美的桥梁，是实践。所以，就生态美学而言，也是不离其宗。曾繁仁先生就提出过"将我们的生态美学观奠定在马克思的唯物实践存在论的哲学基础之上"②。这就是马克思主义生态美学，它"把人类的命运与整个大自然的命运紧密相连，高度关注自然本源和生命存在，用有机整体观看待"人—自然—社会"的关系，将人类文化、艺术、审美也纳入整个生命动态系统范围"③。由此可见，马克思主义生态美学的基本问题，就是围绕着人的实践的三组关系——"人与自身、人与自然、人与社会"——而展开的。那么，马克思主义生态美学中"美的规律"的实现，就需要在"人""自然""社会"三个范畴上展开探讨。

---

① 朱立元：《历史与美学之谜的求解——论马克思〈1844 年经济学哲学手稿〉的美学问题》，上海：上海人民出版社，2014 年，第 317 页。
② 曾繁仁：《当代生态文明视野中的生态美学观》，《文学评论》2005 年第 4 期。
③ 彭修银、张子程：《人类命运的终极关怀——论当代马克思主义生态美学建构的人文学意义》，《江汉论坛》2008 年第 5 期。

## 一、人的范畴

人的范畴主要是实现实践的属性。实践属性的确定,要从实践的主体出发去思考。关于实践的主体问题,马克思在《关于费尔巴哈的提纲》中指出:"从前的一切唯物主义(包括费尔巴哈的唯物主义)的主要缺点是:对对象、现实、感性,只是从客体的或者直观的形式去理解,而不是把它们当作人的感性活动,当作实践去理解,不是从主体方面去理解。"①这段话再次强调了实践在马克思主义哲学中的基础地位,并且,通过对费尔巴哈的批判,确证了人是实践的主体。那么实践,作为人的实践也就具备了"属人性"。属人性不光是实践的属性,也是"美的规律"的属性。近几十年来,国内对"美的规律"的研究,尤其是对《1844年经济学哲学手稿》的研究,都是通过比较人和动物之间的差别来判断"美的属性"的,动物不懂得美的尺度,美只针对人而言,也就是像朱立元指出的,"美的规律应该是属人的规律,应该体现人的自由、自觉的类本质"②。这更进一步明确了实践的属人性。

"美的规律"是实践的,实践是属人的,所以"美的规律"也就是属人。那么,"美的规律"在"人"这个范畴的实现,就是要保证实践的属人性,保证人的自由自觉。人的自由自觉体现在人的自然性之中,因为具备自然性的人在与自然界的对象性活动中,实现了本质力量的对象化。人的内在本质力量的实现,应该是人与自然相统一相融汇的,而不

① 中共中央马克思恩格斯列宁斯大林著作编译局:《马克思恩格斯选集》第1卷,北京:人民出版社,2012年,第133页。
② 朱立元:《历史与美学之谜的求解——论马克思〈1844年经济学哲学手稿〉的美学问题》,上海:上海人民出版社,2014年,第315页。

是相对立相冲突的,也就是人的自然性的实现。

关于人的自然性,马克思从两个方面对此进行了概括:一方面,人是能动的自然物;而另一方面,表现和确证人的本质力量的外在世界是不以人的意志为转移的。人不但具有自然性,而且人的实践对象、感性力量的对象(材料)依然首先是自然界。自然界是人类无机的身体,人的精神和肉体与自然发生关系,实质上是自然自身内部的关系,因为人具有自然性。毫无疑问,人也是自然的一部分。所以,当确认了人的自然性,以及对象性活动的客体为同样具备自然属性的自然界时,就可以证明——当人与自然发生冲突时,人就出现了某种形式的异化。这主要体现在两个方面:一个是种的方面,一个是文化方面。

人在种的方面实现“美的规律”意味着融汇,而不是改变自然的尺度。属人性的实现在种的方面就是生态整体主义的实现,而非人类中心主义的泛滥。生态整体主义“把生态系统的整体利益作为最高价值,把是否有利于维持和保护生态系统的完整、和谐、稳定、平衡和持续存在作为衡量一切事物的根本尺度,作为评判人类生活方式、科技进步、经济增长和社会发展的终极标准”[1]。在现代社会,人的生产实践保持属人性,需要人和自然共同承担生态整体的压力,所以,人类与自然之间的关系应该在保持物种尺度的融汇上,而不是一个尺度对另一种尺度的征服,甚至消灭。在《自然与文学的对话中》,日本学者提出,“在非人类的宇宙里,从树上掉落的一片树叶也是遵循着整体秩序飘落的”[2]。所以,对大自然的暴力征服是对实践属人性的粗暴践踏。人的

---

① 王诺:《生态批评与生态思想》,北京:人民出版社,2013 年,第 141 页。
② 〔日〕山里胜己、高田贤一、野田岩一等编:《自然和文学的对话》,北京:中国社会科学出版社,2014 年,第 9 页。

尺度消灭一个物种的尺度，意味着人的自我毁灭，意味着人从自身的尺度中切除了一部分的自然属性，这种属性来源于一个被人类消灭的物种，而人的胜利是暂时的、表象的胜利，它的实质是人的自然性的严重破坏。人的自然性，也就是属人性发生了异化，人同自身建立了对立的关系。这种关系的思想基础，就是人类中心主义。人类中心主义，是以人类的尺度为万物的尺度，以实现人类的物质和精神需求为第一目标的人与自然关系模式。人类中心主义忽视人是自然的一部分，并且热衷于对自然的征服和改造。但是，可以预见的是，在这种模式下，人类终将以失败告终。人的尺度不是孤立存在的，"所有的生命都在某种程度上依赖于另一个生命，而且，每一个个别的自然造物的部分都必须支撑其他的部分，进而，如果缺少了任何一个部分，所有其他的部分必然因此而秩序紊乱"①。当人类毁灭一个物种时，那个物种所承担的压力就会转嫁给其他物种，当然，毫无疑问这种转嫁一定会波及人类。人类的承受能力将遭受巨大挑战，当人的力量不足以承担转嫁而来的压力时，人将二次转嫁，或者灭亡。人与自然斗争的大量失败经验证明了人不足以承受这样的生态压力，时刻面临着灭亡的威胁。在艾特玛托夫的《断头台》中，人类烧毁了草原，用以建设代表现代文明的公路，抓获幼狼换取烈酒，屠杀羚羊，上缴肉类供给，最终导致狼的复仇，牧民在人与狼的决战中，误击中幼子，战斗结束，四野苍茫，狼藉遍地，人类受到严重的惩罚。从最初的筑路开矿，到大规模捕杀野生动物，所有满足人欲的规划都为悲剧埋下了伏笔。人类没有考虑整体的自然，仅仅从自

---

① R. P. Mclntosh, *The Background of Ecology: Concept and Theory*, Cambridge, UK: Cambridge university press, 1985, p. 78.

身的欲望出发,在与自然的战斗中,落得个"白茫茫大地真干净"。甚至作者发出了这样的呼喊:"为什么你要赐予那些互相残杀、把大地变成大众耻辱的坟墓的人以智慧、语言以及能创造万物的自由的双手?"他甚至呼吁人类"不要再贪求对别人的统治"①。文学作品以悲壮的形式,反映了人的自然性的不可侵犯、生态整体性的不容置疑,这是实践属人性的种的基础。

人在文化的方面实现"美的规律"意味着生活的回归,而不是消费。现代社会的生活异常便捷,整个社会的运行效率超过以往任何时代,同时带来的效果还有人们的物质消费量超过了以往任何时代。"人类能力的急剧膨胀,是我们的不幸,而且很有可能是我们的悲剧,因为这种巨大的能力不仅没有受到理性和智慧的约束,而且还以不负责任为其标志。"②现代社会让生活变得轻松,消费却让文化变得复杂。不知不觉中,这种消费文化已经让人们偏离了自然的属性,开始无尽索取,走向了"娱乐至死"之路。这种异化是人的文化性与人的自然性的对立,精神的人受不住物质的贪欲,开始走向腐败和衰亡。莱德菲尔德强调现代社会中,人们缺乏精神超越维度而处于现实欲望难平的浮躁焦虑中。③ 毫无节制的消费使人类陷入了重重欲望之火燃起的焦虑之中,引发了种种恶果。所以,为了自保,也为了在人的范畴内实现生态美学的"美的规律",就需要一种对理性消费精神的回归,而不是无节制的消

---

① 〔俄〕艾特玛托夫:《断头台》,冯加译,北京:外国文学出版社,1987 年,第 221 页。

② Linda Lear, Rachel Carson, *Witness for Nature*, New York: Henry Holt & Company, 1997, p. 407.

③ 王岳川:《当代西方最新文论教程》,上海:复旦大学出版社,2011 年,第 477 页。

费主义狂热。

但客观的情况是,科技的进步推动了消费需求的极大满足。并且在经济发展和消费需求的互相作用下,消费社会的影响开始渗透到各个领域,呈不断蔓延之势。欲望需求的基本平衡早已被打破,人陷入了对物质的无限追求之中,并且这种追求借以栖身于消费文化。芭芭拉和杜博斯的《只有一个地球》中总结道,"对消费品的喜新厌旧成风,无限制的使用能量,我们的前途只能是生态系统的灾难"①。但是,我们需要厘清的是,反消费主义并不是杜绝全部消费,而是理性消费,逐渐回归一种简单生活,减少人类身体的"扩张",至少避免因为无限制的消费,导致人的死亡,加重属人性的消失。这是属人性的自保之道,也是"美的规律"在人这个范畴的实现之道。尼尔·波兹曼的《娱乐至死》一书,封皮上印着一个头顶电视,手里还拉着孩子的人,这与作者本人创作此书的初衷相呼应,人类终将丧失思考,并死于他们所热爱(消费)的事物。"在这里,一切公众话语都日渐以娱乐的方式出现,并成为一种文化精神。我们的政治、宗教、新闻、体育、教育和商业都心甘情愿地成为娱乐的附庸,毫无怨言,甚至无声无息,其结果是我们成了一个娱乐至死的物种。"②相对于曾经贫瘠的文化消费而言,现在的一切有些过剩了,我们不再会死于饥饿,而是死于过剩。技术的进步所引起的人与自然的关系变化必须引起我们重视。技术的进步到底意味着什么,这是我们需要辩证思考的东西。马尔库塞就曾经质疑过技术的

---

① 〔美〕芭芭拉·沃德、勒内·杜博斯:《只有一个地球》,国外公害丛书编委会译校,长春:吉林人民出版社,1997年,第23页。

② 〔美〕尼尔·波兹曼:《娱乐至死》,章艳译,桂林:广西师范大学出版社,2004年,第2页。

进步与人性的倒退是否存在着某种关联,西方文明究竟出了什么毛病。① 这就提出了另一个问题:我们如何反对这种毫无克制的消费？这需要厘清我们反消费主义的对象是什么——是消费主义毫无节制的思想。技术应该是均衡的技术,让人和自然界保持着一种平衡、一种互补,而不是偏废一方。就是用在人身上的技术和用在自然身上的技术应该是均衡的。不光是人化的技术,也应该是自然化的技术,是一种贯通于自然和人的平衡之道的技术以及技术思想,这样才能保证实践的属人性,使人在文化方面实现简单生活的回归,在文化的范畴实现"美的规律"。

## 二、自然的范畴

自然的范畴主要实现于实践的方式。实践方式的问题,要从实践的对象出发去思考。马克思对实践对象的描述直接明了,"在实践上,人的普遍性正表现在把整个自然界首先作为人的直接的生活数据,其次作为人的生命活动的材料,对象和工具变成人的无机的身体"②。自然界作为人无机的身体,是一种被动的结构,在人与自然的关系中处于对象的客体。但是人对自然的对象性活动并不是随意的、为所欲为的,相反,它应该是有目的的、为满足一定需要而进行的。当人类的目的性与自然界的规律性达成统一时,自然界就不再是无机的身体,而成为一种有机的身体,成为人的自然身体,成为人身体的一部分。这种有机的

---

① 〔美〕麦基编《思想家——当代哲学的创造者们》,周穗明、翁寒松译,上海:三联书店,1987 年,第 70 页。
② 中共中央马克思恩格斯列宁斯大林著作编译局:《1844 年经济学哲学手稿》,北京:人民出版社,2014 年,第 52 页。

过程,是一种合规律性与合目的性统一的过程。"美的规律"在自然范畴,也就是实践方式上的实现,就体现在这个过程之中。

　　首先是自然规律社会规律与的统一。自然规律的第一个特点就是遵循着自然界的整体的平衡。"自然是一张具有奇特结构的网,由柔软的、易破的、脆弱的、精致的材料制成,按照他的结构和目的把一切都连接成令人惊叹的整体。"①通过一种有机的联合,自然界的各种各样的生物在各自的轨迹上运动,保持着整个系统的平衡稳定和更新循环。自然规律的另一个特点就是自然物种之间的平衡关系。"所有的生命都在某种程度上依赖于另一个生命,而且,每一个个别的自然造物的部分都必须支撑其他的部分,进而,如果缺少了任何一个部分,所有其他的部分必然因此而秩序紊乱。"②这也指明了自然规律是一种整体的平衡,并且这种整体平衡由各个物种之间的平衡所支撑。

　　那么什么是社会关系呢？社会关系是指社会成员之间由实践需要和生产方式的现实水平决定的各种联系，包括血缘关系、情爱关系、合作关系、经济关系、政治法律关系等。③那么社会关系遵循的规律是什么呢？黎红雷教授指出，"政治人""经济人""文化人"作为人类历史上三个划时代的人性假设，对人类社会的管理之"道"——包括"道路"，即人类管理所经历的过程，以及"道理"即人类管理所秉持的理念——

---

① Donald Worster, *Nature's Economy：A History of Ecological Ideas*, Cambridge, UK：Cambridge University Press, 1994, p. 48.

② R. P. Mclntosh, *The Background of Ecology：Concept and Theory*, Cambridge, UK：Cambridge university press, 1985, p. 78.

③ 杜福洲:《社会关系中的"人"与"人的"社会关系》,《中共中央党校学报》2006年第 6 期。

产生了深刻的影响①。简单地看,这是权力与意识形态的关系,权力保证社会结构,意识形态维护着权力。

正因为"自然作为人们眼前的感觉世界,无论就其现存的形式还是将来的形式而言,都是整个社会活动的产物,我们所感觉到我们周围的对象,城市、村庄、田野、森林,都带有人类劳动的印记"②,所以,如果实现社会规律与自然规律的统一,在权力方面,不应该让人的权力关系模式进入人与自然关系之中,而是相反,让大自然的平衡规律进入人的权力结构之中。在这个过程之中,应该对现代的社会实践方式进行批判。因为在自然规律与人的权力模式之间,自然规律是不可变的,而人的权力模式却是可以调整的。自然规律介入社会规律,是一种客观的必然。而反过来,社会规律顺应自然规律,会促进社会的文明与发展,使人的合目的性和合规律性在权力模式下和自然模式下实现统一,以自然规律推动社会的发展。在意识形态方面,维护权力的模式应该发生变革,从权力走向规律,把自然的规律视为最高"权力"。因为所谓的权力,不过是一种管理模式,是少数人对多数人的支配。这本身就是对自然规律的违背。并且,对不符合自然规律的力量的维护,势必导致人与人之间发生异化,当权者和被支配者形成对立。资本主义的生产方式就明确地为这种异化做了注解。所以,放弃导致异化的权力意识形态,转而维护人与自然普遍具有的自然规律,才是意识形态反作用于人与自然的动力所在。

其次是自然价值与社会价值的统一。当代社会正处在经济社会的

①　黎红雷:《人性假设与人类社会的管理之道》,《中国社会科学》2012 年第 2 期。
②　〔德〕霍克海默:《批判理论》,重庆:重庆出版社,1989 年,第 192 页。

高速发展时期,转型与变革之际的社会价值存在着一定的不稳定性,甚至会影响整个社会的运转,并加重自然的负担。尤其是消费主义的风尚,会直接导致精神与物质层面消费的过度化、狂欢化。对自然环境的改造在经济社会中体现为物质生活的极大丰富,消费需求的极大满足,又反过来刺激社会消费不断蔓延。"技术的发展不仅仅是技术本身的水平提升问题,更是一个社会问题,社会的不利性制约尤其是体制性障碍常常是技术发展所面临的主要矛盾。"[1]技术进步带来的消费,已经形成了恶性循环,自然价值和社会价值在这样的旋涡里都是混乱的。所以,源自自然规律本身的自然价值,应该发挥作用,与社会价值达成某种程度的一致。我们把这种价值称为危机价值。也就是预设当下自然的生态状况已经达到临界点,而人类的消费观念、价值观念应该建立在这种临界值上,人类用人类的危机感树立整个社会的环境价值,正如诗歌《瑞普·凡·温克尔》中写到的,"一觉醒来/那片会唱歌的森林不见了/那片布满传说的森林没有了/到处都是被截肢后的树墩/宛如一块一块放大的伤疤"[2]。危机价值的好处是我们可以通过我们所看到、感受到的生态危机来重塑我们的社会价值。一方面是平衡危机,这是整个自然生态赖以维系的重要条件。随着工业的发展,人类的欲望膨胀,对自然的开发变成了掠夺,人们想要的和自然能给予的形成了鲜明的对立,"人类在满足其身体需要方面的发展走向了极端,这个星球不

---

① 肖峰:《技术发展的社会形成:一种关联中国实践的研究》,北京:人民出版社,2002 年,第 5 页。

② 侯良学:《让太阳成为太阳——侯良学生态诗稿》,太原:三晋出版社,2010 年,第 57 页。

能为这种高等动物追求不断增高生活需要的幸福提供足够的物质"①。当人类超过了自然所能承受的范围时,向自然索取得越多,我们对这种整体平衡的破坏就越大,最后导致了全方位的危机,而这个危机,就是我们建立危机意识的先决条件,用这种危机观所形成的危机价值来推动人类需求的降低,回归一种简单生活的价值取向。另一方面是周期危机,这是整个自然循环的必要条件。当人类消耗自然的消费周期领先于自然循环的恢复周期,那么周期危机就产生了,比如湿地的消失,远远高于湿地产生的速度。这种周期的巨大差距,对人类来说,就是对资源的彻底失去。湿地是众多水鸟最重要的栖息地,是众多鸟类赖以生存的地方,但是湿地的流失量却是巨大而迅速的。有统计表明,湿地的流失量是每年 45 万亩,也就是每天有 1200 多亩将消失不见。这样的例证还有很多,人类将面对无法挽回的"资源空场",人的需求将被放逐,人就陷入了一种无法满足的焦虑和痛苦之中。于是,减少消费量,减轻自然负担,延长人类消费周期也就是相对缩短自然的循环周期,这样的周期危机同样能够建立一种低耗的危机价值。

最后是生态发展与社会发展的统一。这种发展是立足于双方规律上的双向度作用力发展,而不是主被动形态二元对立。但现实,常常由于生态的发展受到社会发展的制约或破坏,而社会的发展并没有以生态的发展为目标。生态性的目的着眼于维持自然界整体的发展,社会性的目的在于人的全面发展。一方面,人类认识到自身是自然界的一环,是生态系统的一个要素;另一方面,无度向自然索取,毫不犹豫地破

① Lawrence Copue (ed.), *The Green Studies Reader: From Romanticism to Ecocriticism*, New York: Routledge, 2000, p. 269.

坏生态,将自身从生态循环的系统中抽离,凌驾在整个系统之上。把自身作为整个系统目的和系统为之服务的中心,这是发展思维上的异化。因为对自然的征服和奴役就意味着对自身的征服和奴役。人是在作茧自缚。马克思指出:"我们必须时时记住,我们统治自然界决不像征服者统治异族人那样,决不像站在自然界之外的人那样,相反地,我们连同我们的肉、血和大脑都存在于自然界之中。"①

所以在自然这个范畴,合规律性与合目的性的要旨在于自然界与社会发展的协调统一。一方面,是物种的稳定与社会的稳定的统一。物种的稳定需要生物链条的完整,在所有环节上对所有相关联的组成部分进行统一观照,保证物种的生息繁衍、维持和扩大。鲁克尔特提出生态学的一个重要观点就是"万物互相关联",保持生态系统内部的完整,就是保护内部的关联,包括人与自然物之间的关联。反映在社会实践方面,就是实现"绿色发展"。绿色发展的主要指导思想是以绿色、低碳、循环为特征的社会发展模式,以及由此来的节能环保型生活方式。这种制度受自然条件、生态状况、物种体量等条件约束,在人类生产生活的过程中秉持绿色理念,并统筹社会中的经济、政治、人口环境等要素,最终实现经济与生态、人与环境的全面发展。另一方面,是自然界整体的发展与社会的向前进步。迪拉德提出"接纳它们(自然界)一个个进入我的意识,可能让我自己的意识更加清明,或许能将它们的意识加诸于我的人类意识之上,又向它们展现出自己的善意和关怀,理解与

---

① 中共中央马克思恩格斯列宁斯大林著作编译局:《马克思恩格斯选集》第3卷,北京:人民出版社,2012年,第998页。

同情"①。检视人类,社会性调节的目的则将目光更多地放在了人的身上,人的社会性调节就是以人类中心主义为基础,以人类的道德为出发点,"当动植物等非人类存在物的利益与人类的利益发生冲突不可两全时,道德的特殊的直接的目的和标准便不起作用了"②。但是,当考虑到人的进化,当社会的发展与物种的进化具有不可回避的同构性时,整个社会需要的就不仅仅是经济上的可持续发展,还要有生态上的可持续发展。道德上,人类不应该也不可能放弃自然。这是可持续发展的重要前提。所谓可持续发展,"要求人们在现实的物质生产活动中,在科学技术的实际使用中,以不破坏人与自然的和谐并尽量造成二者之间的协调为基础、条件和出发点"③。所以,自然与社会在发展上的统一就落在了"可持续"上,人的发展的直接出发点就是在对自然的保护前提下的社会与自然共同发展。

### 三、社会的范畴

社会的范畴主要是实现实践的目标。实践目标的问题,要从实践的主体出发去思考。在关于马克思主义美学的论述中,一个基本的共识是"美是属人"的,人是美的主体。马克思主义生态美学中美的规律在社会范畴的实现,就一定要考虑到主体的自然性问题。因为人类有其属人的自然性,"因此,美也有其属人的自然性,也就是说,美的事物和美的现象必然直接或间接地体现人的自然性,美的事物和现象对人

---

① Annie Dilland,*Pilgrim at Tinker Creek*,New York:Harper's Magazine Press,1974,p. 94.

② 王海明:《人类中心主义与非人类中心主义辩难》,《辽宁大学学报》2006 年第 2 期。

③ 邢媛:《论可持续发展理念的人格价值》,《自然辩证法研究》2001 年第 1 期。

的自然性的体现,就是美的自然性"①。那么,作为实践目的,"美"就必须体现出自然美。而自然美的必要条件是,人在自然属性"合规律性的"美。这就要求美在社会范畴的实现,把握住人的自然性的实现。

在考虑人的自然性的实现时,同样应该考虑到自然的自然性,也就是在社会实践中,要实现人的自然性与自然的自然性的统一,社会作为一个实践载体,要满足这种统一,这样,才能将实践的目标,也就是美呈现出来。而实现人的自然性与自然的自然性的统一,就需要生态伦理的构建。生态伦理,来源于生态伦理学,"是一门新兴的基于生态学、环境科学的原理,研究人类的生态道德或环境道德的应用伦理学"②,生态伦理是美的规律——实践目标在社会范畴上的实现。

生态伦理要取法生态传统。我国的生态思想有着悠久的历史,在先秦时代,先贤们就已经建构了关于生态伦理的最初形态,在这一点上,我们的生态思想拥有着最丰厚的传统文化资源。"儒家仁爱自然的思想,道家道法自然的理念,佛教依正不二的话语,共同构成了中国传统生态伦理体系。"③儒家、道家、释家的哲学体大精深,在此不做展开,但是生态伦理思想可以取道的主要精神,尤其是传统哲学中关于实践的合规律性与合目的性的表达形态,还是可以略作管窥。儒家的天人合一,其中就有最初的生态整体主义思想,将人与自然看作一个整体,不但具有统一的规律性,而且还有统一的目的性,人与自然的共存是一

① 朱寿兴:《人的自然性和美的自然性问题》,《马克思主义美学研究》2003 年第 6 辑。

② 程立显:《关于可持续发展的若干伦理学问题》,《北京大学学报》2000 年第 3 期。

③ 周光迅、王丽霞:《中国特色生态伦理话语权简论》,《浙江社会科学》2015 年第 8 期。

个互相作用、相互构成的状态，最高的美的实现，就是天人合一。道家的"道法自然"，直接将实践的合规律性写在了纲领之中。"自然而然"是道的最高法则，自然的运动是永不停息，天人之间的道就是自然永不停息的力的表现。道的永恒性也意味着自然的永恒性，自然法则就是天人的法则，是合规律性与合目的性的终极归宿。释家的"众生平等"是一种消解了人类中心主义的思想，人与自然的关系不是征服和奴役，不是主动和受动，而是轮回中的众生。尤其万物皆有佛性，也指出佛家认可自然生态与人自身的属性上的统一，以及对众生的慈悲之心。可以看出，虽然时代久远，但是传统文化中的生态伦理思想，在今天仍然发挥着重要作用。

生态伦理要致力于生态公平。生态公平，顾名思义，以实现整个生态系统的物种全面协调发展为目的，反对人为地奴役与服从、控制与消灭，让一切在自然规律下有机生存。这里面包含着两个方面：一方面，是人与自然界的关系。人与自然的公平关系，要突破传统伦理学局限，将"人—自然—社会"纳入其研究视域，把道德观照的范围从人扩大到动物、植物和整个生态系统，强调了生物具有平等的观念。① 这和佛教的众生平等具有某些同构性，就是对生命权利的平等性给予了最大程度的认可。这也是生态公平的一个重要条件。就像纳什所言，"（动物）拥有属于它们自己的生命与价值。一种不能体现这种思想的伦理学将是苍白无力的"②。于是生态公平的伦理精神就将人拉下了中心的神坛，人将和整个自然界所有的生命体、自然资源一样，在存在价值以

---

① 周光迅、王丽霞：《中国特色生态伦理话语权简论》，《浙江社会科学》2015 年第 8 期，第 3 页。

② 〔美〕纳什：《大自然的权利》，杨通进译，青岛：青岛出版社，1999 年，第 3 页。

及自然地位上享有同等的地位。人类与所有同等地位的存在物一样，共同对整个生态系统负责。另一方面，是自然界中的物种与资源关系。人对自然资源、自然生命体的认知，在现代化社会中，浸染了太多人类中心主义视角，通过现代主义的价值观，将生物界、资源界的类属分成了三六九等，人类依赖性强的就靠前，人类依赖性弱的就靠后，这是一种短视的行为。生态伦理要求建构一种去除了人类中心主义视角的平等观念，让自然物处在一种平等状态，享受平等待遇，而不是一部分被保护，另一部分被破坏的状态。借用《庄子》中的表述就是"以道观之，物无贵贱"。

生态伦理要建构生态话语。生态话语和政治话语、经济话语等具有同样重要的地位，它呼吁的是一种人与自然的和谐关系。并且这种和谐关系的建立与社会政治、经济、文化的发展有着同等重要的地位。要建构一种生态意识形态话语。所谓生态意识形态，是一种独立于政治、经济、文化等意识形态之外的意识形态模式，而一个独立化意识形态的形成必须具有三个方面的特性：理解周围现实世界的理论基点，反映人类自身生存价值的目标，付诸从理论基点到目标实施的行动纲领。① 马克思主义生态美学在这个范畴内自有发挥空间。从对现代性生产方式的批判，到"美的规律"在属性、方式、目标上的实现，每一个环节都是理解、反映、实施的过程，而马克思主义者的理论，也为生态伦理的建构提供了有力支撑。马尔库塞指出："大气污染和水污染、噪音、工业和商业强占了公众迄今为止还能涉足的自然区，这一切较之于奴役好不了多少。这方面的斗争是一种政治斗争，对自然的损害在多大

---

① 史小宁：《生态意识形态的功能性解释及其价值取向》，《求实》2014 年第 5 期。

104

程度上直接与资本主义经济有关,这是十分明显的。同时有人费劲地想使生态的政治作用'中立化',并利用它来美化现存的东西。尽管如此,今天我们必须反对制度造成的自然污染,如同我们反对精神贫困化一样。"①制度以及制度的变更与改良都是意识形态的运动形式,所以即便我们的语境与马尔库塞立论时有所不同,但是我们对于污染的反对态度是鲜明的,并且这种话语必须建构,用以支持和满足生态意识形态对生态环境发展的反作用力。还要建构一种生态审美话语。这就回到文学艺术的审美功能上来了。生态文学,尤其是大自然文学要发挥出审美特性,这种特性要与生态伦理的要求相适应,并为生态伦理意识形态的建立发挥作用。这种审美话语要从文艺作品和文艺批评两个方面入手。在文艺作品方面,生态文学要引起足够的审美反思。"所谓生态文学主要是指那些敏感地对现代世界生态危机加以揭示,对其人类中心主义价值观加以批判,对导致生态危机的现代文明加以反省的作品。"②就像王岳川所说的,生态文学反映的是一种价值危机,并且这种价值危机由人与自然的关系一直蔓延到人与人的关系中来。生态文学的意义就在于对这种危机进行反思,引起人们的反省。在文艺批评方面,生态批评就是"探讨文学与自然环境关系的批评"③。关于生态批评的首要目的,肯定是对生态文学作品进行分析研究,但是它所侧重的则是对生态伦理、生态文化,以及多角度生态意识形态的考察,并借此

① 〔美〕马尔库塞:《反革命和造反》,任立译,北京:商务印书馆,1982 年,第 129 页。

② 王岳川:《当代西方最新文论教程》,上海:复旦大学出版社,2011 年,第 477 页。

③ 王岳川:《当代西方最新文论教程》,上海:复旦大学出版社,2011 年,第 481 页。

分析生态思想中的问题以及发展方向。不仅如此,生态批评还具有一些实际的功用,通过文学的审美分析,对人与自然的关系进行研究,呼吁建立一种人与自然和谐发展的生态伦理观念,并且,致力于推动自然的可持续发展,并引导人类社会的可持续发展,在这个角度上实现合目的性与合规律性的统一。

"美的规律"是一个开放的、发展的课题,它的重要内容在于"实践"。美是属人的,所以实践也同样离不开人。"美的规律"尤其是马克思主义生态美学中,"美的规律"在人的范畴的实现,首先就要实现实践的属人性。人的自由自觉,是人在尺度的方面与自然的融汇,而不是改变自然中物种的尺度,而人在文化的方面实践,应该是生活的回归,而不是毫无节制的消费。属人性的实现在人的范畴是生态整体主义的实现,而非人类中心主义的泛滥。

自然的范畴主要实现实践的方式。实践的方式是一个有机化的过程,是一种合规律性与合目的性统一的过程。"美的规律"在自然范畴,也就是实践方式上的实现,就体现在这个过程之中。在这个范畴,要实现自然规律和社会规律的统一,是自然价值与社会价值的统一,生态发展与社会发展的统一。

社会的范畴主要实现实践的目标。实践目标的问题,要从实践的主体出发去思考,也就是实践的属人性。于是,要考虑人的自然性,在考虑人的自然性的实现时,同样应该考虑到自然的自然性,而实现人的自然性与自然的自然性的统一,就需要生态伦理的构建。马克思主义生态美学中"美的规律"的实现,需要生态伦理的完善,综合取法生态传统,致力于生态公平,建构生态话语三股力量,从共时和历时的线上共同完成生态伦理建设,从而在社会的范畴上实现"美的规律"。

马克思主义生态美学中,"美的规律"的实现,同样是开放的过程。"美的规律"在人、自然、社会范畴的实现,是一个不断发展、变化的过程。随着"美的规律"在人与自然、社会的实践关系中的不断实现,生态美学还将在新的高度上引导人们的生产实践活动,在新的高度上实现美的规律,拓展人的实践。

## 第二节　恩格斯《自然辩证法》中实践理性对生态美学的确证

在考察人与自然的关系时,马克思和恩格斯的切入点略有不同,马克思主要从社会形态的视域中考察,而恩格斯则从自然界和自然科学的发展中进行研究。马克思和恩格斯都承认人的自然性,并且重视人与自然的同构属性。普里戈津指出:"认识自然就意味着把自然界理解为能产生人类和人类社会的自然界。"①在自然与人类之间发挥中介作用的,是实践。实践的性质决定了自然界和自然科学的发展,而实践的性质,尤其是《自然辩证法》中的实践性质,可以从实践理性入手进行分析。关于实践理性,是指"建立在实践基础之上的实践观念,是主体对实践活动有目的、有意识的观念把握,是一种绘制蓝图、刻画意想之中的应然状态的思维方式"②。这种思维环节,包含着目的、方法、实现三个方面,也就是要遵循实践的"正当原则、向善原则、有效原则"③,从而实现实践的生态美学意义。

---

① 〔比〕普里戈津、〔法〕斯唐热:《从混沌到有序》,曾庆宏,沈小峰译,上海:上海译文出版社,1987 年,第 2 页。
② 王桂山:《实践理性及其筹划本质》,《社会科学辑刊》2005 年第 5 期。
③ 杨国荣:《实践理性:基于广义视域的考察》,《学术月刊》2012 年第 3 期。

实践是马克思主义生态美学的核心问题,是马克思主义美学中"美的规律"的实现的重要载体。《自然辩证法》作为马克思主义理论的重要成果,同样重视实践的载体作用,并且,在当前的文化语境下用《自然辩证法》的观点来研究文艺作品的生态美学意义,实践理性是一扇正对风景的窗子。

在关于生态美学的定义中,存在着狭义和广义之分。曾繁仁先生的观点是"狭义的生态美学仅研究人与自然处于生态平衡的审美状态,而广义的生态美学则研究人与自然以及人与社会和人自身处于生态平衡的审美状态"①。曾先生自己比较倾向于广义的理解,并认为生态美学应该以人与自然的生态关系为研究基础。这也是《自然辩证法》中实践理性的研究基础,即人与自然的生态关系问题。同理,在针对生态文学或者大自然文学时,实践理性的意义就在于实现人与自然生态平衡的审美状态。

在马克思主义美学中,美的实现离不开人类实践中"合规律性与合目的性"的统一。人的活动被恩格斯总结为"合规律性与合目的性的统一",恩格斯在描述人类历史的发展过程,以及人类在历史中的作用时,指出了"历史进程是受内在的一般规律支配的"②。所以,在人类历史发展过程中,无论是什么样的人,怀着什么样的内在目的,都无法摆脱历史进程的规律。目的性和规律性在历史发展的角度上,是不可分离的。就人对自然的实践而言,同样要遵循这样的道理:目的不能与规律分离。合规律性与合目的性是实践理性的内在标准,也是人与自然的

---

① 曾繁仁:《试论生态美学》,《文艺研究》2002 年第 5 期。
② 中共中央马克思恩格斯列宁斯大林著作编译局:《马克思恩格斯选集》第 4 卷,北京:人民出版社,2012 年,第 252 页。

生态平衡的审美状态能够实现的必然要求。实践理性的内在逻辑就在于合规律性与合目的性的统一。实践理性的三个原则"正当原则、向善原则、有效原则"就是合规律性与合目的性的外在体现。

### 一、正当性意义的确证

恩格斯在《自然辩证法》中提到"物质在其永恒的循环中是按照规律运动的"①。毫无疑问,这些规律必然对人的思维产生影响。而这些规律,同样是正当性的前提。正当原则就是实践的合规律性。合乎相关原则或规范的行为即为"正当"或"对",反之则为"非正当"或"错"②。实践理性中的合规律性要从实践的主体和客体两个方面出发。在恩格斯的《自然辩证法》中,"承认自然的优先地位,人的主体地位,实践的中介作用,是自然、人、实践的辩证统一"③。于是,在这对主客关系中,实践性要满足人和自然两方面的规律。首先,实践理性确证人的合规律性,也就是人的自由自觉的活动。人的自由自觉的活动一是表现在人的无限可能性上。曼德兰在《哲学人类学》中指出:"自然只完成了人的一半,另一半留给人自己去完成。"④人的世界固然存在不确定性,但是,这并不意味着信马由缰,为所欲为。人的生命,并不是被大自然完全设定,而是保留着这个物种特有的、自由的生命意识。这

---

① 中共中央马克思恩格斯列宁斯大林著作编译局:《马克思恩格斯选集》第3卷,北京:人民出版社,2012年,第845页。

② 杨国荣:《实践理性:基于广义视域的考察》,《学术月刊》2012年第3期。

③ 马瑞丽、吴宁:《论恩格斯的〈自然辩证法〉及其当代意义》,《自然辩证法研究》2013年第5期。

④ 〔德〕M·兰德曼:《哲学人类学》,阎嘉译,贵阳:贵州人民出版社,1988年,第8页。

种自由的生命意识能够让人对外部世界的变化做出反应,并且形成自身独特的意识,来推动自己生产出自身新的可能性。恩格斯说:"外部世界对人的影响表现在人的头脑中,反映在人的头脑中,成为感觉、理想、动机、意志,总之,成为理想的意图,并以这种形态变成理想的力量。"①因为外部世界的复杂性,所以在人们身上的作用会千差万别,而人们对外部世界的反应同样会千奇百怪,这样又促进了人的可能性的生成。二是表现在人的多维性上。人是社会关系的总和,所谓社会关系,涵盖了血缘、情爱、合作、经济、政治、法律等等,这些关系"意味着人的本质不是社会关系的某一个维度和方面就能确定的,人的本质是具体的、动态的、开放的、自由的"②。于是,人的自由自觉还表现在他在血缘、情爱、合作等社会关系的不同层次中,或者说是不同层次、不同范畴的组合体,所以人是多维的。三是表现在人的超越性上。人对外部世界的反应,是按照人个体意愿来执行的。人对自身的生产,也是按照个体意愿来操作的。这种意愿,是人的生命的动力,让人在自我生产的过程中自我实现,并且在不断的自我生产中,实现不断的自我超越,完成更高的生命意义。四是表现在人的内在尺度上。人的自由自觉的活动,如果没有尺度的规束,那么这种自由自觉是无法实现的,势必导致人的生产的终结。因为正是内在的尺度指导作为实践主体的人实现自身的对象性活动,而不是无意识活动;指导人对美的生产,而不是仅仅对自身的生产。这种尺度,是人内在的尺度,也是人内在的规律,是人的实践理性的重要体现。

---

① 中共中央马克思恩格斯列宁斯大林著作编译局:《马克思恩格斯选集》第4卷,北京:人民出版社,2012年,第238页。

② 蒙爱军:《对人的本质的再理解》,《贵州社会科学》2007年第1期。

实践理性确证了自然的合规律性。自然的合规律性体现在生态整体规律之中。生态整体主义，"其主要内涵是把生态系统的整体利益作为最高价值，把是否有利于维持和保护生态系统的完整、和谐、稳定、平衡和持续存在作为衡量一切事物的根本尺度，作为评判人类生活方式、科技进步、经济增长和社会发展的终极标准"①。其中，保护生态系统的和谐稳定体现了生态整体主义的有机性。《自然辩证法》提出"辩证法是关于普遍联系的科学，主要规律：量和质的转化——两极对立的相互渗透和它们达到极端时的相互转化——由矛盾引起的发展或否定的否定——发展的螺旋形式"②。辩证法的基本问题，就是关于联系的问题，而在生态整体主义的视域下，整个生态系统就是一个相互联系的整体，自然物种之间并非物种与物种的孤立存在，而是彼此发生关系的整体存在。而且，这种整体联系的观点揭示着事物的发展方式和走向，是一种必然规律。平衡和持续体现了生态整体主义的运动性。"整个自然界，从最小的东西到最大的东西，从沙粒到太阳，从原生生物到人，都处于永恒的产生和消灭中，处于不断的流动中，处于无休止的运动和变化中。"③这种运动，也印证了自然界的相互联系性。同时，这种运动也解释了自然界的发展变化和人的自我超越（人同样具备自然的属性）问题。这样的运动，同样维系了生态整体的存在，是生态整体主义的有力支撑。保护生态系统的完整和持续体现了生态整体主义的多元性。生态系统的组成本身就是一个庞大而复杂的结构。这种完整，也仅仅是

---

① 王诺：《生态批评与生态思想》，北京：人民出版社，2013年，第141页。
② 中共中央马克思恩格斯列宁斯大林著作编译局：《马克思恩格斯选集》第3卷，北京：人民出版社，2012年，第841页。
③ 中共中央马克思恩格斯列宁斯大林著作编译局：《马克思恩格斯选集》第3卷，北京：人民出版社，2012年，第856页。

物种的丰富,维持物种之间的循环,保证物种与物种之间的关联,维系物种对自身的生产和循环的完整。人类是这个循环中的一部分,参与着自然的循环以及物种之间的相互作用,这种多元性的存在与人类的存在息息相关,并且对人类的发展直接发生作用。这就是一个可持续的问题,当循环链上的元素发生断裂时,可持续发展就受到阻碍,人的生产生活,即对自身的生产和对自然界的再生产也会受到影响,所以实践理性所要求的完整、持续在生态美学思想中具有重要意义。

## 二、向善性意义的确证

普罗泰戈拉曾说:"人是万物的尺度。"虽然这句话的初衷并非霸权之意,但在后世,这句话却成了人类征服自然的理论依据。人类在征服自然、改造自然中显示出非常强势的一面,这在整个自然界,具有鲜明的独特性。恩格斯说:"动物也进行生产,但是它们的生产对周围自然界的作用在自然界面前只等于零。只有人才给自然界打上自己的印记。"[①]随着技术的发展,人对自然的占有将达到一个危机的阈值,并且,这种危机的潜在力量是人对自身的破坏,所以,恩格斯的预言才会成真:"我们不要过分陶醉于我们人类对自然界的胜利。对于每一次这样的胜利,自然界都对我们进行报复。"[②]这是实践理性关于人与自然关系的警钟。人与自然绝不能仅仅是二元对立、一方征服另一方的关系,而是要建立一种和谐的、融汇的、共赢的关系。从根本上讲,人对自

---

① 中共中央马克思恩格斯列宁斯大林著作编译局:《马克思恩格斯选集》第3卷,北京:人民出版社,2012年,第859页。
② 中共中央马克思恩格斯列宁斯大林著作编译局:《马克思恩格斯选集》第3卷,北京:人民出版社,2012年,第998页。

然的实践活动,应该重视生态整体发展,建构生态伦理,而生态伦理本身就是马克思主义生态美学中"向善性"的实现。善,意味着人对自然的实践活动中实现了双方的发展和受益,是一种合目的性的价值的实现。实践理性就是向善性的实现力量。

在现代社会中,科技的发展,人类不断膨胀的消费需求,使自然生态产生了前所未有的危机,所以,实践理性的目的就是要在维持自然生态可持续发展的情况下最大限度满足人的需求,于是在人对自然的实践中满足善也就是满足一种合目的性的价值观,也就是人的价值取向要以实现自然的内在价值为目的。而所谓自然的内在价值,它主要包含"因其内在属性而具有的不依赖于评价者的工具价值(或者经济价值)、审美价值与自然作为目的系统的'目的价值'"[①]。

首先看经济价值。经济价值,这种内在价值有两个特点。一是独特性。经济价值是自然存在物满足人与物、物与物、人与人的实践需求的自身条件所具备的价值,这种条件是自然物所独有的,而且是不可替代的,并且在经济上具备独特性。"在地球生命进化过程中,不仅进化的波峰人类有价值,进化过程中的其他生命生态也是有价值的。只不过这种价值的参照系不是人类,而是包括人类在内的一切生命进化的生态。这是地球自然界的固有价值。"[②]并且,人与物的实践活动可以为人类所知所解,但是物与物之间的价值关系就需要引起人类新的认识了,实践理性正是要保护这种自然物的固有价值,去除以人的视角为中心的人类中心主义,推动物与物的价值的实现,这也是生态美学所倡

---

① 郁乐:《什么是自然的内在价值》,《华中科技大学学报》2007 年第 3 期。
② 叶平:《非人类的生态权利》,《道德与文明》2000 年第 1 期。

导的人对自然的尊重和保护,即向善的原则。二是客观性,也就是自然物这种属性是客观存在并且不以人的意志为转移的,也就是自然物种的属性。这是不依赖于人的意志而存在的属性。也就是说这种属性不是属人的,人的在场与缺席都不能改变其存在的属性,它是不以人的意志为转移的属性,它是"以自然本身表现的价值"①。不仅如此,这种客观性同样意味着存在性,自然之物就是经济价值,经济价值就是自然之物,"自然之物的存在本身即代表了它们的价值,自然之物的价值就在于存在本身"②。在这个角度上,人类的价值观念应该逐渐从自然界或生态整体主义的逻辑中淡化出去。或换作另一种方式去融入与这种生态整体主义的价值,而不是把人类热衷的利益放在价值链的顶端。人类更应该放弃"主观",尊重"客观"。

其次看审美价值。审美价值主要是实践理性在实践向善性的实现过程中给审美主体带来的审美愉悦。在审美价值上,可以从真、善、美三种体验上分析。所谓真,是人们从自然界感受到的单纯而直观的自然力量,那种与人类社会形式大相迥异的自然形式。这种形式是无功利的,也就是康德说的"通过不带任何利害的愉悦或不悦而对一个对象或一种表象方式作评判的能力"③。这种形式因为直观,所以能够给审美主体带来巨大而强烈的震撼,产生出一种对审美客体的具体而真实的愉悦感受。所谓善,实践理性在向善性的实现过程中,突出的特点之一就是推动了生态美学中内在的尺度的向善性,并且将这种内在的善

---

① 余谋昌:《自然内在价值的哲学论证》,《伦理学研究》2004 年第 4 期。
② 刘湘溶:《生态伦理学》,长沙:湖南师范大学出版社,1992 年,第 80 页。
③ 〔德〕康德:《判断力批判》,邓晓芒译,杨祖陶校,北京:人民出版社,2002 年,第 145 页。

在实践主体和实践客体之间架起了一座桥梁。善已经不再仅仅是人的内在尺度的善，而且还将这种善运用在人与自然的关系当中，并且实现了自然的善。善是一种价值观念，在《自然辩证法》的视域下，是一种生态伦理，这种伦理认同自然界中的人和其他物种皆有价值。人的发展不应该以其他物种的牺牲为代价。于是人对人的伦理就施加在人与自然的生产关系之中。而自然的循环法则同样反过来为人类的社会生产提供思路。比如人类生产过程中使用的"生态工艺"技术。"所谓生态工艺，是把自然的法则应用于社会物质生产，模拟生物圈的物质运动过程……以资源分层多次利用和再生利用为特征"①。这样的例子比比皆是，说明的问题也就是审美价值在实践理性中的地位已经由意识上的活动转化为实践上的，并推动着人与自然关系的不断和谐以及生态整体的可持续发展。所谓美，康德在谈到花朵触发的美感时说那是"主体诸认识能力的游戏中单纯形式的合目的性意识。"②人的生产实践活动中，美的体验的获得，同样是一种合目的性意识。也就是说，当人类追问为什么某种形式、比例能带给人愉快，这些形式的背后到底藏着什么秘密，康德所说的单纯形式的合目的性意识就能够做出基本回答了。李泽厚先生在这个基础上更进了一步，他说"符合理性的内在本质的过程……（也就是）格式塔心理学的'同构说'"③。而这种同构，本质上是实践主客体内在尺度的统一，以及对这种统一的追求和实现。最后看目的价值。根据郁乐的观点，目的价值是"人类根深蒂固的目的论思维

---

① 余谋昌：《从生态伦理到生态文明》，《马克思主义与现实》2009 年第 2 期。

② 〔德〕康德：《判断力批判》，邓晓芒译，杨祖陶校，北京：人民出版社，2002 年，第 45 页。

③ 李泽厚：《华夏美学·美学四讲》，北京：三联书店，2009 年，第 273 页。

方式的基础上,能够从自然物的世界中看出一个目的论系统,最终形成了生命、生态或者生态圈的价值概念"①。这在一定程度上,还是人类对"向善性"的追求。人的意识并不是无限的,而是受到社会存在和社会意识的影响和限制。所以人对于自然的目的论系统,也同样不是一个无限的、完美的、终结的系统,这个系统同样受到限制,但也同样是发展的。人类将以自身为基础的人类社会看作一个体系,这样推演出了人作为一个物种同样存在于大的生态体系中,也就是生态整体主义思想。恩格斯在《自然辩证法》提到的生态系统中各种组成要素之间和人类社会之间的辩证关系,实际就是目的价值的理论显现。这个理论是实践理性的核心指导思想,它确证了两个方面的道理。一方面,整个自然生态是一个实体,是和人的社会,以及物种的食物链一样的客观实在。只是它所涵盖内容的范围与其他实体多有不同。另一方面,整个生态系统的组成元素之间是一种相互作用的关系,而不是简单孤立的存在。整个生态系统与人类的自身生存和发展密切相关,并且,也被人类所逐渐认识,逐渐认同,逐渐重视。这就是实践理性推动的,目的价值的实现。

### 三、有效性意义的确证

恩格斯在《劳动在从猿到人的转变中的作用》中指出,"劳动创造了人本身"②。我们把劳动的创造成果理解为实践的结果。所以,劳动的成果也就是实践的有效性的确证。所谓的有效性,也就是在实践过

---

① 郁乐:《什么是自然的内在价值》,《华中科技大学学报》2007年第3期。
② 中共中央马克思恩格斯列宁斯大林著作编译局:《马克思恩格斯选集》第3卷,北京:人民出版社,2012年,第988页。

程中所实现的"合规律性与合目的性"的统一。偏废一方而导致的一方面受益另一方牺牲的成果,不是真正的人类自由自觉的活动,更谈不上是人的本质力量的对象化。有效性的内涵在于实践对主客体的利益的满足。实践理性就是以这种满足,这种合规律性与合目的性的统一为出发点,实现了对有效性的确证。在马克思主义生态美学中,这是美的规律的最终实现,是人的本质力量对象化的理想状态。

人与自然的关系问题,是《自然辩证法》主要研究的问题,也是马克思主义生态美学的核心内容,实践理性的有效性意义,就是生态整体主义的实现。这要从三个方面进行探讨。首先是实践理性确证身体的有效性。马克思提出"人的肉体生活和精神生活同自然界联系,也就等于说自然界同自身相联系,因为人是自然界的一部分"[1]。人的身体的有效性的形成,其实是无机向有机的转化过程。所谓无机,是指单纯的由人向自然施力,对自然进行开发利用,完全以满足人的生产生活为目的所获得的自然材料和自然资源。而有机,却是一个人的对象化过程,实现了人与自然的同构统一和相互作用。无机向有机的转化,其实也就是对象化的过程,或者说是人与自然同构性建立的过程。同构性的建立,即"外在世界(物理)与内在世界(心理)的力,在形式结构上有同形同构或者说异质同构的关系,他们之间有一种结构上的对应"[2]。当客观对象与主观情感产生某种一致性,所谓的"美感"体验就会应运而生。同样,美感体验的反作用还会在接下来的人类实践中发挥作用,引导人们根据美感的尺度来进行生产实践。于是,美的尺度也就是人与

---

[1] 中共中央马克思恩格斯列宁斯大林著作编译局:《1844年经济学哲学手稿》,北京:人民出版社,2014年,第52页。

[2] 李泽厚:《华夏美学·美学四讲》,北京:三联书店,2009年,第273页。

自然尺度的同构统一,在这种统一的作用下,自然再也不是人无机的身体,而是人有机的身体,并且和人相互发生作用。实践理性就是这种同构的基础,借此实现无机向有机转化,确证身体的有效性。其次是实践理性确证历史的有效性。人类的生产实践活动,必然要受到历史和现实条件的限制,如恩格斯所言,"我们只能在我们时代的条件下去认识,而且这些条件达到什么程度,我们就认识到什么程度"①。历史的有效性的确证,其实也是合规律与合目的性的统一。因为,一方面,根据人类社会发展的经验而言,人类也总是处在一定的发展阶段上,经过一个从低级到高级,从简单到复杂的阶段,人对自身历史的认知,其实就是对规律性的认知,另一方面,在不同的发展阶段上,人的内在的尺度不是一成不变的,它同样与人类社会、人自身的发展密切联系,所以合目的性也是运动的发展的,实践理性的作用也在于将人的所处的历史阶段与人的内在尺度相统一,是人根据历史的规则生产自身,并再生产自然界。此外,合规律性与和目的性的统一,也是一个历史的过程。因为人的认识并不是一蹴而就,而是要不断地重复、循环、再认识才能够在历史的角度上顺应发展的潮流,实现辩证统一。最后是实践理性确证审美的有效性。人的本质力量的实现,是一个历史化的过程。从原始的人类到文明的人类的过程,就像《自然辩证法》中描述的,从劳动工具到劳动方式的发展,从生产内容到生产方式的变化,劳动的目的性与规律性实现了统一,经济基础的发展带动了上层建筑的完善,最后连人脑的幻象——宗教,也发展了起来。这是一个漫长的实践过程,但是在

---

① 中共中央马克思恩格斯列宁斯大林著作编译局:《马克思恩格斯选集》第3卷,北京:人民出版社,2012年,第933页。

这些过程之中,实践的合目的性与合规律性并不总是统一的,它们也会发生某种形式的对立,导致一方的毁灭或者两败俱伤,但是,正如马克思所说的人是按照美的规律来建造的,这是人类不同于自然界其他物种的最重要标志。所以尽管有时候会出现规律性与目的性的冲突,但是人对美的追求是作为一个特殊物种的天性。人的实践就是一个美的实现的过程。在马克思主义生态美学中,人对自然的实践活动,都是通过逐步发展的实践理性,在物质与精神的层面上不断实现人的本质力量对象化的过程。

恩格斯的《自然辩证法》是马克思主义生态美学的重要文献材料,恩格斯用辩证法来理解自然以及自然科学的辩证规律。其中,涉及生态美学,也就是"人与自然以及人与社会和人自身处于生态平衡的审美状态"时,就必须从马克思主义美的规律的实现出发,来考察实践的合规律性与合目的性的统一问题。这时候,实践理性的生态美学意义就逐步呈现出来了。实践理性最大的特点体现为:这种理性在实践的"正当性、向善性、有效性"三个方面,确证了马克思主义生态美学中美的规律的实现问题。

"正当性",其实就是实践的合规律性。实践理性从实践的主体"现实的人"到实践客体"自然"两个方面入手,从人的可能性、超越性、多维性、尺度性上确证了现实的人的正当性;从自然的联系性、运动性、多元性上确证了自然的正当性。"向善性",指的是实践的合目的性。也就是人的价值取向要以实现自然的内在价值为目的。自然的内在价值也就是自然的经济价值、审美价值和目的价值。实践理性从独特性、客观性实现自然的经济价值;从真、善、美三个角度实现自然的审美价值;从生态整体主义的角度确证了目的价值。"有效性"其实就是正当性与向善性达到统一的成果,也是合规律性与合目的性的统一体现。实践理性先是通过无机身体向有机身体的转化确证了身体的有效性;然后通过历史的辩证确证了历史的有效性;最后通过内在尺度的追寻确证了审美的有效性。

　　实践《自然辩证法》中关涉"人与自然保持多维度平衡的美学状态"的内容是丰富的,并且对于指导现代社会人与自然和谐关系的建立,是具有实效性的。实践理性是《自然辩证法》的一个切入点,让我们得以窥见"实践"的生态美学确证过程。可以说,《自然辩证法》中实践理性的确证过程,就是合规律性与合目的性统一的过程,是人的内在尺度与物的尺度的同构建立的过程,也是马克思主义生态美学美的规律的实现过程。这是马克思主义生态美学的新发展,也是马克思主义美学的新延伸,再一次证明了马克思主义美学精神的思辨性和思想的指导性。

## 第三节　马克思、恩格斯的生态美学逻辑

　　20 世纪 70 年代西方兴起的"绿色运动"与当时影响巨大的法兰克福学派素有渊源,它们都曾在马克思主义的视野下探讨生态状况,反思人与自然的关系问题。而在地球的另一端,绿色运动在中国得到了文学上的呼应,中国大自然文学也开始关注并致力于解决人与自然的紧张对立关系问题。四十年间,中国出现了大量的描写人与自然关系的文学作品,受到学者的广泛关注。2015 年,在《大自然文学研究》第二卷中,学界对大自然文学的旨归有这样的描述,"大自然文学关注的是人与自然的整体关系,它以一种世界观的姿态重新审视当代人类的生

存理念和行为准则"①。不仅如此,这种横跨地球的呼应除了具有与西方"绿色运动"相似的关注的对象以外,还同样受到马克思主义文艺美学的影响,尤其是受马克思主义生态美学的影响。

所谓生态美学,"目前有狭义与广义两种认识。狭义的生态美学着眼于人与自然环境的生态审美关系,提出特殊的生态美范畴。而广义的生态美学则包括人与自然、社会以及人自身的生态审美关系,是一种符合生态规律的美学观"②。马克思主义的美学观更进一步地站在"全球性视野"上,高度关注人类新时代条件下的生存境遇,既不是从"人类中心主义"出发,也不是从单纯的唯"生态本位主义"出发,而是从人—社会—自然纬度,将人—社会—自然作为一个有机整体,作为一个完整的生命系统看待,将生命间层层相依、和谐有序、生机盎然的生态美作为美的基本范畴,并看作人类审美文化的最高境界。③ 马克思主义生态美学的全球视野也是马克思主义生态美学的价值目标。根据马克思主义美学的观点,审美的过程不仅仅是孤立地审视审美客体,而是放置在全球性视野和完整的生命系统中进行观照。在文艺学的范畴上,马克思主义生态美学的主要研究对象是生态文学。王岳川先生将生态文学分成广义生态文学和狭义生态文学。"广义生态文学作品,即那些具有生态文化意识的传统文学作品……作品中不乏人与自然相交融的生命意识,不乏对人与自然树立对立的现代文明的深度批判。狭义的生态文学作品是作家有鲜明的生态文化立场,前卫地反思人与自然的

---

① 赵凯:《生态文明视域中的大自然文学》,安徽大学大自然文学研究所主编《大自然文学研究》第2卷,北京:天天出版社,2015年,第62页。

② 高中华:《生态美学:理论背景与哲学观照》,《江苏社会科学》2004年第2期。

③ 彭修银、张子程:《人类命运的终极关怀——论当代马克思主义生态美学建构的人文学意义》,《江汉论坛》2008年第5期。

121

关系,直面现代性生态危机而发出的批判之声。"①我国的大自然文学
属于狭义的生态文学。就像作家刘先平在《追梦珊瑚》中写道:"我在
大自然中跋涉四十多年,写了几十部作品,其实,只是在做一件事,呼唤
生态道德。"②可谓立场突出,旗帜鲜明。但生态美学的体系要更加复
杂和庞大,不仅仅包含着文学的道德诉求,它还要在一个整体的生态系
统中完成审美目标。在马克思主义生态美学的内部,有着一个统一的
逻辑,这个逻辑和马克思主义美学是一脉相承的。所以,在对大自然文
学进行研究时,不能仅仅着眼于人与自然,人与环境关系的解读和思
考,而是要站在科学和文化发展的角度上,站在马克思主义关于"自然
的人化"和"人的对象化"的角度上来把握审美的内在逻辑。

关于"人化自然界"和"人的对象化"问题,学界的研究早已汗牛充
栋,并且这些研究波及了自然科学和社会科学的众多领域。但是随着
全世界,尤其是中国现代化进程的不断加深,人与自然的关系不断复杂
化,大自然文学中提出了诸多新问题,这已经不仅仅是审美形式分析,
而且是生态美学的思想和逻辑问题。这要求审美活动要回归到马克思
主义的生态美学观点中来,理清马克思主义生态美学的内在逻辑,即
"自然的人化"和"人的对象化"的内涵与外延,把握住它们在几个范畴
上的辩证统一关系。

## 一、超脱与回归

"自然的人化"与"人的对象化"都不是简单地从"意识的和实践

---

① 王岳川:《当代西方最新文论教程》,上海:复旦大学出版社,2011 年,第 479
页。

② 刘先平:《追梦珊瑚》,武汉:长江少年儿童出版社,2017 年,封一。

的""主观的和客观的"来区分的,因为无论"自然的人化"还是"人的对象化",都包含着意识的和实践的内容,也都是主观的和客观的相统一的结果。在超脱与回归这个范畴里,自然的人化和人的对象化包含着物质基础与精神基础的几个方面。

首先看"自然的人化"。马克思在《1844年经济学哲学手稿》中提出了"人化的自然"的观点,"人的感觉、感觉的人性,都是由于它的对象的存在,由于人化的自然界,才产生出来的"①。"都是由于它对象的存在",也就是肯定了自然界作为"人的感觉"和"感觉的人性"的物质基础。这个物质基础包含两个方面的功用,其一,是"精神人化"的物质基础。人通过实践作用于自然,就牵扯出了人高于自然界的部分。这也是自然的人化关键之所在,人如果使自然人化,一个必要前提就是"人必须超过自然,从自然中超脱出来,从自然的必然规律中解放出来,进行自由的想象和创造"②。进而,将人的精神投影在丰富多彩的自然界之中。其二是"物质人化"的物质基础,关于物质人化,是人类通过物质实践来改变自然界。用蒋孔阳先生的话说就是自然与人发生了关系,打上了人的烙印,着上了人的色彩,人通过实践改造对象世界。③自然的人化过程,尤其是自然作为人类"物质人化"的对象时,它所承载的就是作为人类实践的物质基础。在这个基础之上,人通过实践与物质基础发生关系,实践连接着作为主体的人和客体的自然界。

想象也好,创造也罢,人对自然的超脱是非常重要的原因。超脱让

---

① 中共中央马克思恩格斯列宁斯大林著作编译局:《1844年经济学哲学手稿》,北京:人民出版社,2014年,第84页。
② 蒋孔阳:《美是人的本质力量的对象化》,《文艺理论研究》1987年第6期。
③ 同上。

自然的人化打上了人类的烙印。这要从两组关系中来考察。第一组关系是超脱使人成为自然界的确证力量,这是精神人化的过程。人脱离动物界,成为具有独立意识的对象性主体,人与自然的关系就发生了质的变化,人类无论是对自然的崇拜,还是对自然的征服,自然界都是人立足自身的观照镜像。马克思说:"(人)一方面具有自然力、生命力,是能动的自然存在物……另一方面,人是受动的、受制约的和受限制的存在物,也就是说,他的欲望的对象是作为不依赖于他的对象而存在于他之外的;但这些对象是他的需要的对象;是表现和确证他的本质力量所不可缺少的、重要的对象。"①当人面对着自然界,将自然界作为自己本质力量对象化的客体时,自然界再清楚不过地存在于人类的意识之中,人确证了人的大自然。在小说《低吟的荒野》中,作者描写道:"此时,我初次看到了这片乡野的全景,那里点缀着我曾探索过的几百个湖泊。从高空俯瞰,我恰如一只苍鹰将下面的景色尽收眼底。"②这段描写中,几百个湖泊的前缀是"我曾探索过的",也就意味着作者对湖泊的记忆是以自身的探索为符号要素的。这湖泊对于作者而言,存在的意义就是作者与它们发生的关系。并且,在高空对湖泊进行俯瞰的时候,作者与全景的关系就呈现为"像苍鹰将下面的景色尽收眼底",自然景观又是以作者类似苍鹰的方式获取。这里呈现出一种明确的主客二元关系,而作为客体的自然景色,是通过作者"探索""俯瞰"之后才确证的。

第二组关系是人成为了自然界的生产力量,这是物质人化的过程。

---

① 中共中央马克思恩格斯列宁斯大林著作编译局:《1844年经济学哲学手稿》,北京:人民出版社,2014年,第103页。

② 〔美〕奥尔森:《低吟的荒野》,程虹译,北京:三联书店,2014年,第94页。

人对于自然界的实践活动,与动物对自身的肉体活动是不同性质的活动,人懂得尺度的运用,也懂得目标的实现,于是人化的自然界就与原初的自然界形成了鲜明的对比。自然的人化,反映了人类的智慧和生产能力,以及社会文化的文明程度,而原初的自然则是肉体的本能的自然,并不承载人类自由自觉的活动能力。于是,"在改造对象世界中,人才真正地证明自己是类存在物。这种生产是人的能动的类生活。通过这种生产,自然界才表现为他的作品和他的现实"①。就像格非在《紫竹院的约会》中假女主人公之口所说的那样:"尘世的图景只不过是一些想象的附属物,或者说,对想象的模仿。"②人们按照自己的尺度创造了栖居地,形成了不同特色的城市。所以,人作为自然界的生产力量,在一定程度上使自然界的属性有了两种分类;一类是原初的自然,也就是蛮荒状态,或者是未开发状态的自然;而另一类是人化的自然,是改变了原初的状态,被人的本质力量所开发过的自然界,是表现为人的作品和人类创造的自然界。

"人的对象化"与"自然的人化"有所不同,尤其是在大自然文学的范畴里,人的对象化开始更多地倾向于在精神世界实现人与自然的和谐统一,"两情相悦"。人的对象化所担负的精神使命使人的对象化过程成为了人类精神融入自然的精神基础。这个过程相比较自然的人化的"超脱"而言,更可以理解为一种"回归"。

回归让自然消解了人类的烙印。更确切地说,人通过自然精神的

① 中共中央马克思恩格斯列宁斯大林著作编译局:《1844 年经济学哲学手稿》,北京:人民出版社,2014 年,第 54 页。

② 格非:《紫竹院的约会》,《戒指花》,沈阳:春风文艺出版社,2007 年,第 169页。

回归,实现了人的精神与自然精神的水乳交融。同样,这个命题也可以从两组关系中考察。

回归使人的精神灌注进自然,建构了自然的精神。"在人与自然的关系中,人在自然中选择对象,发现对象,把自己全部生命的本质力量灌注进去,使对象活起来,成为自己的自我实现和自我创造,这就是产生了对象化。"①于是,紧接着要追问的就是人以何种精神化入自然,构建自然的精神呢?这就是社会文化与道德规范。比如秋,只是自然界四季之一,但由于文学作品中大量的秋季描写常与人生的际遇、漂泊的愁苦相联系,人的悲戚感灌输进秋的凋零感,于是,秋就成了悲秋,西风骤起,生气萧索就成了秋天的精神写照。每每提及秋,多是人生的苍凉之感。如杜甫的"万里悲秋常作客,百年多病独登台",曹雪芹假黛玉之口说出的"已觉秋窗秋不尽,那堪风雨助凄凉",等等。再比如鸳鸯的隐喻,一夫一妻的鸳鸯,与人类忠贞不渝的爱情找到了共鸣,于是当人类述说其夫妻的真情时,就会用鸳鸯作为比喻。其实,鸳鸯并不懂得爱情,也不知道长相厮守,终身相伴只是它们作为一个物种的自然选择,是对自身的生产。但因为人生产整个自然界,所以人也将自身对于爱情的道德标准投放在鸳鸯身上,塑造了一种对象化的爱情载体,鸳鸯就成了爱情典范。回到大自然文学的文本,在《遥远的房屋》中,贝斯顿写道:"我们要学会尊敬夜晚并驱除对夜晚那种莫名其妙的恐惧,因为,如果人类排斥夜晚的经历,随之而逝去的是一种神圣的情感,一种诗意般的意境,而这种经历使得人类精神之旅得以扩展升华。"②大自然文学

① 蒋孔阳:《美是人的本质力量的对象化》,《文艺理论研究》1987 年第 6 期。
② 〔美〕贝斯顿:《遥远的房屋》,程虹译,北京:三联书店,2014 年,第 130 页。

更直接地将自身的精神加诸自然界,让夜晚承载了诸多的诗意,让人类的情感轨道架设进入自然界,在人与自然(对象)交流中带来更加丰富的精神体验。

回归同样使自然精神成为了人的精神基础。人的对象化在马克思主义的研究中最常见的阐释就是这个过程的实践性。实践连接了人与对象。人作用于对象,对象也作用于人,这种对象化不是单一、单向的,而是相互的,双向的。当自然精神成为人的精神基础时,就是自然对人发生了作用。比如,人们在励精图治,争取最后的胜利时,常引用"不经一番寒彻骨,哪得梅花扑鼻香"来激励自我,奋勇向前。人们在势单力微时,怀抱远大理想,仍然坚信改变世界的梦想,也会引用"星星之火,可以燎原"的老话。这个过程有两个要点:第一,这种精神来源于自然界的形象直观,起源于和实践的同构性。在这里可以简要分析一下自然精神化为人的精神的过程。自然精神作用于人,其实发挥作用的是自然的形象。以形象生发的精神感召人,鼓舞人。在人与自然没有分离之前,原初自然的物种之间不存在所谓的精神,在人与原初自然分离后认识自然,尤其是对自然形象的直接经验与人类的生产实践相遇,并且这种形象与人类的实践具有某种同构性,于是,形象直观激发经验外化,成为了一种人类取之自然的精神,并借此启发、推动人类的生产实践活动向前发展,丰富人类的精神文化。更深远地讲,通过这个过程,人类认识了人与自然的同一性,并开始重视这种同一性,逐渐将自然精神神圣化,也就成了"天道",人对"天道"的敬畏,又衍生了一系列人类文明中深刻复杂的思想。第二,这种精神生于自然界,但是却是有意识的有目的的理性行为。自然赋予人类精神,并不是自然与人画上了等号,自然精神并不是一种有意识的行为,相反,人的精神才是有意识的。

127

正是有意识的人从自然界发现了自然精神,才为我所用,所以,即便是自然精神成了人精神的基础,自然精神也不具有主动性。

"自然的人化"与"人的对象化"在人与自然的"超脱与回归"关系中,它们的统一处在哪呢? 是人类社会。马克思说:"只有在社会中,自然界对人来说才是人与人联系的纽带,才是他为别人的存在和别人为他的存在,只有在社会中,自然界才是人自己的合乎人性的存在的基础,才是人的现实的生活要素。只有在社会中,人的自然的存在对他来说才是人的合乎人性的存在,并且自然界对他来说才成为人。因此,社会是人同自然界的完成了的本质的统一,是自然界的真正复活,是人的实现了的自然主义和自然界的实现了的人道主义。"① 所以,无论是超越还是回归,人类社会都是必要条件,超越与回归只能在这个必要条件之下才能发生。

## 二、无机与有机

自然界是人类无机的身体,马克思在人对自然界的关系中提到:"在实践上,人的普遍性正是表现为这样的普遍性,他把整个自然界——首先作为人的直接的生活资料,其次作为人的生命活动的对象和工具——变成人的无机的身体。"② 但是所谓无机,是相对有机而言。没有能动效应的身体是无机的身体,而能够提供反作用力的,并且可以相互作用的身体,则是有机的身体,人类在对"无机"的身体的相互作

---

① 中共中央马克思恩格斯列宁斯大林著作编译局:《1844 年经济学哲学手稿》,北京:人民出版社,2014 年,第79—80 页。

② 中共中央马克思恩格斯列宁斯大林著作编译局:《1844 年经济学哲学手稿》,北京:人民出版社,2014 年,第52 页。

用中,衍生了"有机"身体的概念。

同上,首先看自然的人化。自然的人化这个概念首先是将自然界设定为人的生产实践对象。自然界是与人相对应的主客体二元对立的一种角色。自然界作为人类物质生活的来源,为人类提供衣食住行的各种资源,同时还是人类生产生活的对象。所以,首先这个无机的身体的无机的特征表现为物质性。人对物质的索取,尤其是以征服自然界,改造自然界为方式的物质索取,呈现着一个进取模式。所谓进取,是人类不断探索的过程。尤其是人化自然界的过程中,人类要面对几种自然,一是原初自然,也就是为人类发现的自然界的原始状态,人们根据自身生产生活的需求,从原初自然中选择劳动对象(材料),并且不断拓展对原初自然的发现,把握更大范围的原初的自然。人对物质的需求,促使了对原初自然的发现欲望,这种欲望也推动人们发挥能动性,利用内在的尺度对原初自然进行加工改造。另一种是人化自然,是经过人类的加工改造之后的自然界,但是这种改造随着人类生产生活水平的不断提高,也会对人化自然进行再次甚至多次"人化",这是科学技术进步的一种表现。还有一种是对自在自然的探索。所谓自在自然,是已然存在但并不为人类所了解的自然,比如天文学、物理学、生物学等专业的未知领域。人类不断提高的对科学认知的渴望,促使人类对自在自然无限地探索,这是一个处在前进状态下的,不断物质索取的过程。其次,无机的特征还表现为被动性。被动的原因是人对"无机的身体"的巨大依赖性。"自然界是人为了不致死亡而必须与之不断交往的,人的身体。所谓人的肉体生活和精神生活同自然界联系,也就等于

129

说自然界同自身相联系,因为人是自然界的一部分。"①人既然是自然的一部分,就必须具备一定自然界的特质,受一部分自然规律的限制,否则,人就彻底脱离了自然,就不是自然界的一部分了,其中,对自身肉体的生产,就是人无法摆脱的自然规律。于是,人必须被动地占有。吃喝、排泄、生殖就是人类对自然界物质占有的一个重要诱因,这种占有不能停止,因为一旦不能满足对自身肉体的生产,人将消亡。在小说《爱在山野》中,提到了黄山深处的乌桕树,在讲到这种树和山民的关系时,作者曾有这样的描写:"别看树长得歪歪扭扭,他自有一股沧桑劲,春天刚出的叶子带着嫩黄,后才碧绿,秋风一起,他先应着金黄变红,红得像烧火……这些果子能榨油,过去还用钎子把它们穿点起来照明。"②在肉体生产的过程中,人类只能发挥能动性,向自然索取,延续自身的生命。最后,这个无机的身体还表现为独特性。之所以独特,因为人建造的尺度与任何物种都不同。人懂得对尺度的选择,人懂得美的规律。在自然界中,人与其他物种相比较,很明显地凸显出自身的独特性。人在建造方式上的独特包含着一种疏离。在人化自然的过程中,人对待无机的身体并非是亲密友善的,在一定条件下,人独立于自然,同样会导致人与自然的对立。就像《寂静的春天》里描述的:"(人类)不仅瞄准了他所居住的地球,而且瞄准了与他共同拥有地球的万物。"③书中举出了很多残酷的例证,如大批被屠杀的水牛、水鸟、白鹭等,这些屠杀的后果不仅仅是物种的对立,而是一些物种的消亡。由此

---

① 中共中央马克思恩格斯列宁斯大林著作编译局:《1844年经济学哲学手稿》,北京:人民出版社,2014年,第52页。

② 刘先平:《爱在山野》,北京:人民文学出版社,2016年,第34页。

③ 〔美〕卡森:《寂静的春天》,北京:台海出版社,2015年,第73页。

可见,无机的身体,依然难逃"人化"的劫难。

再看人的对象化。在自然的人化过程中,马克思提到的自然界既作为人的直接的生活资料,又作为人的生命活动的对象和工具,是人的无机的身体。当人独立于自然界,或者与自然界形成二元对立的关系时,以万物灵长征服自然,驱使自然成为人的工具时,自然界的确就成了人类无机的身体。但是,当人类将自身重新纳入自然界时,人与自然界类的同构性将发挥重要作用,使人与自然界的各部分互相关联、互相协调,形成一个不可分的整体,自然界就成了人的身体的有机部分,就像人类也是自然界有机的组成一样。人与自然开始了有机的整体化模式。这是当代社会中"有意识的人的对象化"过程。当自然成为人有机的身体,首先体现在精神性。人与自然的"有机合体",是一种回退模式。它的动因有两个,一是人类思考能力的异化,另一个是思考方式的异化。这要从人的身体生态说起,"在现实性上,身体不是一个单纯的物质性肉体,而是肉与灵、感性与理性、主观与客观、意识与无意识等的统一体"①。但是,在物质文明高度发达的现代社会,人的身体受惠于技术,同样受制于技术。常常因为技术对身体的过度干预,使人的身体和人原初的肉身发生了疏离,进而刺激产生身体的异化。当人类沉浸在信息时代高效的生活所带来的便捷时,人的身体,大脑都在无形之中产生一种技术依赖,这种技术依赖使人类的身体、大脑以及身体的多方面技能开始退化,而操控信息的能力却在增强,人身体的自然性在消失,而现代性在泛滥。这种自然性的消失,让我们离自然界越来越远。

---

① 寇东亮:《技术时代的"身体生态"危机及其消解》,《自然辩证法研究》2014 年第 8 期。

人本身产生于自然界,如果人的自然属性消失了,那么带给人类和自然界的都是难以想象的灾难。所以,在人与自然有机合体的过程中,人类要适度地激活已然退化的自然属性,让身体和大脑重新具备自然活力。而这种退化并不意味着对技术的放弃,而是对技术利用方式的改变,其主要目的就是让身体活起来。另外一个方面,随着技术占有人类生活比重的进一步加大,人的精神、思维方式已经被深深地技术化了,经常使用电脑的人,思维结构与电脑的存储分区几乎无异,并且将这种技术化后的思维模式简单地运用到生活的多个方面与层次。技术的逻辑与自然的逻辑之间建立有机联系,要比能动的单纯的人与自然建立有机联系困难得多。因为本是同源的逻辑被替换掉了。所以,这里的回退,是一种技术逻辑的回退,或者说一种技术逻辑的改良,给人类的思维留一些空间,让人保留一些原初的单纯的心。而不是一味追求效率的、功利的心。

有机化的整体模式其次体现在主动性上。这种主动性是指人类要在"第一身体"和"第二身体"中实现人与自然的"有机合体",让对象化成为一个扬弃异化的过程。第一身体,即肉体、躯体和身份的统一,但后世汉语言思想更多地在"身份"意义上使用"身(体)概念",把"身(体)"等同于"身份",从而遮蔽和遗忘了作为本源的"身躯"或"躯体"①。第一身体与自然的主动融合,或者说是非自然性的主动退化,是由于身体危机的出现。思维能力和思维方式的异化,背后是身体机能的退化,而当人的身体机能发生退化时,他的对象化过程也会造成自然界的人为残缺化,人消失精神的东西,如果不能够在精神上恢复,那

① 葛红兵、宋耕:《身体政治》,上海:上海三联书店,2005 年,第16—17 页。

么作为他实践对象的自然界将同样面临着相应的困境。如何让人的对象化过程将自然界连接成一个有机的整体而不是被病态技术控制的无机体，就需要人类将人第一身体的危机化解掉，重新启动人的思维方式，锻炼人的思维能力，而不是过分地依赖技术，这就是回到"回退"的主题上，用回退化解人的身体危机，避免大自然的危机。另外，关于人的第二身体，同样是需要重视的。所谓第二身体，就是指技术。"技术成为人的'第二身体'就其本质和应然性而言，技术是人的身体的延伸，是人体进化的重要杠杆。"①但是技术却是一把双刃剑。技术可以扬长补短，可以弥补不足，使人类的生物性限制得到解放。但是技术打破了一种自然的平衡，在现实层面，对技术的过度应用，会使人的自然性发生异化，导致整体的自然界的混乱与错位。进一步讲，第二技术的主要问题就在于二元对立的思维方式。一切以征服对方为出发点，那么就片面地将人的来源——自然界树立为人的对立面，于是，具备自然属性的人的身体，也就是人的第一身体，就和人所创造并且独立于人的第二身体发生了对立，这种对立是人与人、人与自然的双重对立，是禁绝人与技术、人与自然界有机联系的双重障碍。所以，第二身体在意识形态上的改良尤为重要。技术不能仅仅考虑人的利益，而是应该将人和自然界作为一个共同的整体进行考量，退出人的核心，纳入整体的人与自然界的共同利益。这样扬弃第二身体的异化，才能化解第二身体的危机，实现人与自然的有机融合。

最后这个有机的整体还表现在共通性。人虽然独立于自然界，但

---

① 寇东亮：《技术时代的"身体生态"危机及其消解》，《自然辩证法研究》2014 年第 8 期。

是人却是从自然界而来。在生态整体主义的范畴里,人与自然的征服关系很难成立。人类与自然的共通并不仅仅是行动上的爱护自然,还是从精神到实践的与自然休戚与共。这个过程并不是一个技术的过程,而是一个思想的过程,一个精神的过程。人对自然的完全征服,人与外在世界的完全对立,人的畸形的对象化过程就是一个自我毁灭的过程。就像《狼图腾》对狼群的描写:"草原狼是草原人肉体上的半个敌人,却是精神上至尊的宗师,一旦把它们消灭干净,鲜红的太阳就照不亮草原,而死水般的安宁就会带来消沉、萎靡、颓废和百无聊赖等等可怕的敌人,将千万年充满豪迈的草原民族精神彻底摧毁。"[①]所以,人的对象化要从人的源头出发,对技术做一些退化,对生灵做一些妥协,让人在生产实践的过程中,完成人的自然本质的对象化,形成人与自然界的有机整合。

综上,自然的人化与人的对象化在"有机与无机"的范畴内的统一就很明确了,这是一个尺度的问题。也就是说,实现人与自然界的无机与有机的统一,关键在于人对自然界物种的"尺度"的把握,以及对"自身内在的尺度"的调整,实现"种的尺度"与"内在的尺度"的统一,让人的第一身体恢复自然的活力,让人的第二身体蕴含种的尺度。这也就是无机和有机的统一。

### 三、文化与科学

人的生产实践活动在"自然的人化"和"人的对象化"过程中都发挥着决定作用,并且,正是生产实践实现了自然界对人的生成,但是进

---

① 姜戎:《狼图腾》,武汉:长江文艺出版社,2004年,第352页。

入当代社会,科学技术的高度发达,自然生态的严重破坏,又需要让人们重新审视"自然的人化"和"人的对象化"的问题。在马克思主义生态美学的逻辑上,自然的人化与人的对象化在生产实践的统一关系需要建立在科学与文化的统一关系上。也就是在文化上,呼吁"人的对象化"过程中的生态文明建设,在科技上,重视"人的对象化"过程中的科技伦理。

自然的人化,包含着两个显性要素即自然界和人类,以及一个隐性要素即人类社会。生态文明建设,就是处理好人与自然界、人与社会、自然界与社会这三组关系。首先是关于人与自然的关系。从地位上讲,在生态文明建设中,人与自然的关系是最重要的一组关系,人与自然的关系问题是历史发展的首要问题。"科学的自然——历史观,一方面决定马克思始终把人与自然的关系置于整个生态系统中来考察;另一方面又决定了始终把人与自然的关系发展视为整个生态系统发展的主体,进而把生产力的发展视为人与自然关系发展的实质和动力。"①这就牵扯出第二个问题,即生产力的发展。科学技术的进步问题,也就是人与自然和谐发展同样依赖于科学技术的进步,而科学技术的进步就是自然的人化过程的向前推进。但是,人与自然的和谐发展同样向科学技术提出了要求,就是生产力水平的发展标准不再是以科技的创新数据的提升为标准,而是以对人和自然的兼顾为标准。偏废一方谈不上和谐,顾此失彼也算不上发展,所以在这种生态文明中,人与自然如何和谐相处,是一个生产力以及生产力发展思路的问题。其次是人

---

① 叶险明:《马克思的工业文明理论及其现代意义》,《马克思主义研究》2000 年第 4 期。

与社会的关系。人与社会的关系主体是人与人、人与社会体制的二重关系。生态文明追求的是人与人、人与社会的双重和谐，马克思主义生态文明思想中提出，"只有在社会中，人的自然的存在对他来说才是人的合乎人性的存在，并且自然界对他来说才成为人。因此，社会是人与自然界完成了的本质的统一，是自然界的真正复活，是人的实现了的自然主义和自然界的实现了的人道主义"①。于是人与社会的关系的前提也被澄清了，就是人与自然界完成了本质的统一，即人的自然性和自然的自然性实现了统一，种的尺度和人内在的尺度实现了统一，于是人与社会的关系才能够实现人与人、人与社会的双重和谐。最后是自然与社会的关系。傅先庆提出："生态文明就是地球生态系统中的社会生态系统的良性运行，既指人与自然的关系、人与社会的关系的和谐相济，又包括处在这样的自然与社会环境中的所取得的物质文明和精神文明的一切成果。"②自然与社会的关系更多的是在自然环境和社会制度的相互作用下生态状况的发展程度，这是生态文明中检验成果的一环。要求社会制度，也就是生产关系，在反作用于生产力也就是科学技术的时候，注重人与自然和谐发展，注重政策的导向，并且对自然给予高度的重视和政策的保护。通过政策协调好人与自然的关系，处理好当前利益与长远利益的关系，维系好现代人和子孙后代的关系，实现人、自然、社会的和谐发展、可持续发展。

人的对象化同样是一个实践的过程，在现代社会里，最有效的实践

---

① 中共中央马克思恩格斯列宁斯大林著作编译局：《1844 年经济学哲学手稿》，北京：人民出版社，2014 年，第 79—80 页。

② 傅先庆：《略论"生态文明"的理论内涵与实践方向》，《福建论坛》1999 年第 12 期。

工具就是科学技术。但是随着科学技术的发展带来的社会和生态问题,关于科学技术的合理性研究开始引起了人们的注意。莱斯在批判科技的非理性与恶劣生态后果时,尖锐地指出了关于科学技术的合理性问题,也就是"科学技术的理性主义落入社会矛盾的非理性罗网的过程"①。于是,生态学马克思主义的科技伦理思想把科技的伦理批判进一步引向了意识形态批判。② 而这种批判的影响就是呼吁着科技伦理的建构。这是人的对象化快车所必须面对的交通规则。首先看人与自然的关系。科技伦理需要发挥社会调节作用,建构和谐的人与自然关系的文化基础。在人与自然的关系中,人的对象化,不应该仅仅只有科学技术,如果是这样,科学技术就成了垄断以自然为客体的人的本质力量对象化的唯一力量。这对于社会的调节功能是种践踏。和科学技术一样,社会调节功能应该在人的对象化过程中发挥作用,协调人与自然之间的关系,避免人利用科学技术破坏自然。同时,在社会机制上,要建构一种"保护弱者"模式,阻止人类通过科学技术对自然的无限索取。另外,中止科学技术对自然控制的垄断权,需要在文化范畴上建构一种人对于自然的伦理观念。人不光是历史的人,也是自然的人,人应该对自然负起相应的责任。人对自然关系不是控制与反控制、征服与反征服的二元对立关系,而是一种共生共存的关系。通过人与自然的和谐关系,推动和谐文化建设,借此来消解人与自然的对立关系。其次看人与社会的关系。政治伦理应该发挥它应有的作用。这是协调科技在人与社会关系中发挥作用的重要手段。也就是用显性意识形态对隐

---

① 〔加〕威廉·莱斯:《自然的控制》,重庆:重庆出版社,1991年,第9页。
② 高海艳、吴宁:《生态学马克思主义的科技伦理思想》,《江汉论坛》2011年第3期。

性意识形态的控制。所谓显性意识形态就是法律、制度、思想等意识形态元素,而隐性意识形态则是隐藏在科学技术中和程序结构中的,通过间接形式或者其他物质载体来诉诸内心的意识形态元素。这些隐性意识形态就在科学技术与受力对象发生关系时,产生非常大的影响,甚至决定对象化的后果。这是人的对象化过程中的理性轨道。所以,用政治、法律、制度、思想等约束科学技术,尤其是科学技术研发的指导思想,将是科技伦理非常重要的手段。最后看自然与社会的关系。这是一个关于经济伦理的建构范畴。自然与社会的关系,是自然价值和社会价值全面实现的过程,在传统意义上,这个过程的实现标准是经济利益的最大化,自然为社会提供最大程度的经济效益,并且这将是社会对自然意义的基本取向。可是,在自然环境受到严峻挑战的当代社会里,这样的价值取向一定要做出某些调整,生态环境的优化应该高于经济利益的优化,经济伦理的建构应该将生态环境作为最重要的价值判断。只有这样才能实现科技伦理的理想化,让人的对象化呈现出人与自然和谐发展的美好景观。

现在,关于自然的人化和人的对象化在科学与文化范畴的统一也清晰了,那就是建立在消解人类中心主义的基础上的。因为就文化范畴而言,要建构生态文明,实现人与自然和谐发展、人与社会双重和谐、自然与社会良性发展。就科技方面来说,要建构科技伦理,包含着用文化伦理反对科技对自然的控制垄断,用政治伦理实现显性意识形态对隐性意识形态的有效控制,用经济伦理端正自然与社会的价值取向,等等。那么这两方面显然都要实现人、社会、自然的全面发展,所以基于生态整体发展的目标,科技伦理将不能以人类中心主义为理论基础,并且应该反对任何形式的中心主义。

"自然的人化"与"人的对象化"的辩证统一,是马克思主义生态美学的内在逻辑。从人对自然的超脱,到人对自然的回归;从无机的身体,到有机的身体;从文化上致力生态文明的建构,到科技上重视科技伦理的导向,马克思主义生态美学在多个范畴的辩证统一关系,是马克思主义应对当前全球生态现状的新发展,也是马克思主义生态美学中国化的重要特征。

　　大自然文学主要关注的是人与自然的整体关系,以一种世界观的姿态重新审视当代人类的生存理念和行为准则。由于我国自然资源丰富,但自然资源破坏严重;生态系统复杂,但生态系统积弊深重,所以中国大自然文学的使命似乎尤为突出。在马克思主义生态美学的观照下,中国大自然文学呈现的正是这种"自然的人化"与"人的对象化"的辩证统一形态。在"超脱与回归"的范畴里,自然的人化通过人对自然的超脱,实现了"精神人化"和"物质人化",而人的对象化,则通过回归完成人的精神与自然精神的交融通汇。超脱与回归,最终通过人类社会实现了辩证的统一。在"无机与有机"的范畴里,自然的人化表现的是一种物质性、被动性和独特性,而人的对象化表现出的则是精神性、主动性和共通性。而无机的进取特征也好,有机的回退特征也罢,在这个范畴里,自然的人化和人的对象化还是在尺度的协调上,实现了辩证统一。

　　在文化与科学的范畴中,自然的人化和人的对象化都要处理人与自然、人与社会、自然与社会三组关系。自然的人化建构的生态文明要抓住生产力以及生产力发展思路的问题,人与人、人与社会的双重和谐问题以及社会制度对自然环境的调控问题。人的对象化主要侧重于马克思主义生态美学视域下的科技伦理建构,要担负着反垄断的文化伦理责任,显性意识形态引导隐性意识形态的政治伦理责任,以及反对唯经济利益最大化的经济伦理责任。在这个文化与科学的范畴里,自然的人化与人的对象化在反人类中心主义的基础上实现了辩证统一。

# 第四章 大自然文学的历史演进与文化传承

人与自然的关系是一个永恒的话题。人类在自然中究竟是怎样的一个位置，自然对人类的发展又有什么样的意义，这些看起来十分简单的问题，却千百年来始终处于探索之中。探索有多种方式，文学乃其中之一，而且是一种非常重要的探索方式，所谓自然、生死、爱情为文学创作之三大永恒主题。哲学观决定文学观，对人与自然关系的不同理解，就有不同的关于大自然的文学。

## 第一节 大自然文学的演变

文学与自然的关系，核心问题就是人与自然的关系。自古以来，文学就有表现大自然的传统。以自然为题材的寄情山水、借景抒情、托物言志的作品，成为中外文学史的重要组成部分。当然，在相当长的时间里，自然在文学创作中的意义主要还是被当作一种传道移情的工具，自然本身还不是完全意义上的审美反映的主体。到了现代社会，随着人类对自然的了解，人道主义的温情博爱使人们更进一步将审美的触角深入大自然，出现了一些后来被称为环保文学或者生态文学的作品。现代社会的工业化的发展,是一柄双刃剑。它一方面创造了物质财富,满足了人们物质生活的需求,另一方面由于过度开发自然,利用自然,又造成了自然生态的严重危机。制止乱砍滥伐、抢救珍稀濒危物种等生态保护意识日益为人类所重视。于是,在文学审美的进程中,具有现代意识的大自然文学的兴起也就水到渠成了。大自然文学"让自然从'背景'走到了'前台',彻底摆脱了在以往小说中被遮蔽与依附的状态,自然不再是被剥夺了任何主体性经验和感觉的一种空洞的存在"①。

文学的发展是不能割断的,任何一种文学现象都有它发生与发展的历史渊源与现实要求。今天所说的大自然文学,作为一种文学现象,有它的文学传统与演进踪迹。顾名思义,大自然文学与大自然有关,首先是题材意义,是"大自然的"文学,大自然是其永恒母题。为此,遵循文学与大自然的关系,搜寻大自然文学的逻辑踪迹,笔者尝试将其分为四个文学发展的逻辑阶段,即远古的神话、古代的山水文学、近代的动物文学、现当代的生态文学与大自然文学。

### 一、远古的神话:借想象与幻想征服自然

远古时期,在自然进程中出现了生命。生命由低级向高级进化,出现了高级形态的脊椎动物,"而最后在这些脊椎动物中,又发展出这样一种脊椎动物,在他的身上自然界达到了自我意识,这就是人"②。随着人从

---

① 安徽大学大自然文学研究所:《大自然文学研究》第 2 卷,北京:人民文学出版社,2015 年,第 80 页。

② 中共中央马克思恩格斯列宁斯大林著作编译局:《马克思恩格斯选集》第 3 卷,北京:人民出版社,1972 年,第 456 页。

大自然中独立出来,人类也逐渐走向了大自然的对立面——人从大自然中分离出来,大自然被一分为二,成为人类社会与自然界互为对象的两大生命系统。不论是最初的狩猎山野,还是稍后的刀耕火种,原始人对自然界的了解都极其有限,他们在变幻莫测的大自然面前感到无能为力,心中油然生成对自然力的恐惧、敬畏而至崇拜,认为自然神是一切事物之母,于是幻想出许多解释自然力、征服自然力、把自然力加以神化的原始文学——神话。这时的人类虽然开始从大自然中走出,却仍然是"自然人"。

人类既然不能了解自然万物,那就从自身探索起吧,于是最初的神话是与母系社会形态相一致的关于人类神秘起源的始祖诞生神话(包括生殖崇拜神话和祖先崇拜神话两大类,如我国古代神话中的女娲之腹、古希腊神话中的奥林匹斯山诸神、古希伯来神话中的亚当和夏娃等)。当原始人类由最初的狩猎时代进入以"部落—部族"为社会组织形式的农牧业时代后,人与自然的关系得到进一步调整,出现了以自然物如日月星辰、风雨雷电为神话形象的自然崇拜神话。又由于人类在了解与征服自然的过程中,涌现出各方面的英雄人物,这样又有了英雄崇拜神话的诞生,如征服自然的英雄神话(盘古开天辟地、夸父追日、大禹治水、愚公移山、普罗米修斯、诺亚方舟等)、部落战争英雄神话(炎黄之战、特洛伊的故事、俄底休斯的故事等)和关于创造发明的英雄圣贤神话(神农辨药、仓颉造字等)。神话成为人类早期文学的重要内涵。当然,随着人类的不断进化与生产力的不断提高,神话在演进过程中,神性逐渐丧失,而人性则日益明朗,这表明原始社会的发展已经走到了人类文明时代的门槛。作为人类童年时代所特有的文学现象——借想象来征服自然力的神话,

"随着这些自然力的实际上被支配","也就消失了"①。

综观神话文学的演进,它是借幻想来征服与支配自然力,不仅反映的对象是大自然,而且这个大自然也包含人类自身。人类对自身的探究,正是人类探究整个自然的一条途径、一个部分。那时候的人力还十分渺小,十分有限;自然力却十分强大,法力无边。人类还无法对大自然有科学的认识,对自然万物做出科学的解说。所以,神话文学虽然是以整个大自然为反映对象,但却是主要表现人在对抗自然中的精神面貌与不屈行为。其中有关自然崇拜的神话,因其直接描写自然万物,并呈现出人类"童年"时代的天真无邪,从而显示出永久的艺术魅力,为后世的大自然文学的书写提供了"一种规范和高不可及的范本"②,确是值得我们今天的大自然文学者给予关注与借鉴的。

## 二、古代的山水文学:寄情于自然

人类进入文明时代后,随着生产力的提高而对自然的了解日益深入,自然力已不再像过去那样神秘可怕了,人类开始将眼光从被神化了的自然力投向大自然本身。于是关于人与自然的关系有了种种说法,反映到人类信仰上,就有了各种不同的宗教自然观。譬如基督教认为,人是地球的管家,是万物的朋友,是自然界的祭司,莫忘"修理看守"的责任,崇尚"神人合一";佛教则视"众生万物皆兄弟",追求"物我不二"的涅槃境界;而道教主张"道法自然",认为"宇宙万物皆同道"。虽然宗教信仰不

① 中共中央马克思恩格斯列宁斯大林著作编译局:《马克思恩格斯选集》第2卷,北京:人民出版社,1976年,第13页。

② 中共中央马克思恩格斯列宁斯大林著作编译局:《马克思恩格斯选集》第2卷,北京:人民出版社,1976年,第14页。

同，但在自然观上都有一个相通的基本点，就是人与宇宙万物应该和谐发展，人要尊重一切生命，要爱自然万物。也许是本着这一人性良知的牵引，自有反映人类情感的文学以来，就有描写大自然的作品。亲近自然，讴歌自然，关爱自然，师法自然，成为描写大自然作品的最基本内容；而最常用的表现方法，或借景抒情，或托物言志，或寄情山水。如我国第一部诗歌总集《诗经》中就有不少诸如"关关雎鸠""呦呦鹿鸣"这样描写大自然的名句。而自晋至唐宋，寄情山水成为抒情派文学的重要一翼，涌现出像陶渊明（《归园田居》）、郦道元（《水经注》）、孟浩然（《过故人庄》）、王维（《使至塞上》）、柳宗元（《永州八记》）、欧阳修（《秋声赋》）、徐霞客（《徐霞客游记》）等这样一些描写大自然的高手，延续了一个寄情于山水的文学时代。

然而，不论是陶渊明的"采菊东篱下"，还是孟浩然的"把酒话桑麻"，都是借景抒情，借酒浇愁，以自然山水来化解胸中郁闷。用王维的诗来说，"一生几许伤心事，不向空门何处销"（《叹白发》），多少有种远离尘世的无奈，只是在与自然山水的对话中寻求个人的慰藉与解脱。白居易在《游云居寺赠穆三十六地主》中写道："乱峰深处云居路，共踏花行独惜春。胜地本来无定主，大都山属爱山人。"这时，崇尚自然感兴的诗人虽然不想去做山水的主人，但山水却认他为主人了。因而，酷爱自然的郦道元，虽然写的是一部地理志，却真心讴歌自然之美，像《水经注》那样描写三峡四季景色迭变的美妙文辞，才被后人推为山水记游的典范。而明代旅行家和地理学家徐霞客，更是投身大自然，不再只是游戏山水之间，而是于记述地貌、水文、地质、植物等现象的同时，开辟了一个从地理学上系统观察、描述自然的新方向——讲述大自然的故事。是否可以说，《水经注》和《徐霞客游记》就是那个时代"集个人的情感和自然的观察为一身"

的中国大自然文学的雏形呢?

西方最早的文学《荷马史诗》(公元前 6 世纪)中的《奥德赛》,就是一部航海漂流记,写奥德修斯在大海上漂流的整整十年间如何与自然力做斗争而最终战胜自然力的故事。14~17 世纪,当中国仍然处在封建社会最后的三个王朝(元、明、清)时,欧洲发生了一场文艺复兴运动,提倡人性,反对神性;提倡人权,反对神权,突出了以"人"为中心的社会价值观。大诗人但丁说,人的高贵超过了天神;大戏剧家莎士比亚说,人是一件了不起的作品,是"宇宙的精华,万物的灵长"。但与此同时,大科学家伽利略又要求人们到大自然中去阅读"自然之书"。18 世纪初叶,作为《鲁滨孙漂流记》的原型伍兹·罗杰斯船长的航海纪实《环球航行记》,也是真实记录大写的人在阅读自然之书(荒无人烟的小岛)中的冒险经历,谱写了"人定胜天"的壮美。法国博物学家、作家布封(1707~1788)的 36 册巨著《自然史》,包括地球史、人类史、动物史、鸟类史和矿物史等,以科学的观察为基础,用形象的语言描绘大自然的神奇面貌,具有很高的文学价值。而美国的威廉·巴特姆(1739~1823)的《旅行笔记》(1791),以自己于 1773 年至 1777 年间遍游美国东南部的观察日记为素材,不仅描述了动植物群和自然景观,还表达了作者作为一个自然之人的哲学思想,认为大自然中的万物都有一种亲族关系,都像人一样有知觉和灵魂。正是这部"《旅行笔记》作为以日记为素材而整理的散文体也成为多年以后出现并延续至今的美国自然文学作品的独特的文学形式",通过"描述他在美国东南部荒野所进行的'孤独的朝圣',形成了一种对荒野的审美观,从而使他本人成为第一位在欧美大陆文学界获得声誉的人和美国自然文学名副其实的奠基人"①。

### 三、近代的动物文学:诗化的动物世界

18 世纪 60 年代,从英国开始的工业革命迅速遍及整个欧洲,到 19 世纪 30 年代工业革命基本完成,最终以机器大工业取代了工场手工业,大大提高了人类利用自然和征服自然的能力。这时在人与自然的关系中,因为人力日益强大,自然被置于任人宰割的被动地位,尤其是人类对矿产资源的掠夺日胜一日,自然界在人类的眼里又被简单地分为有生命的动植物与无生命的矿产资源。对矿产资源的无节制地掠夺将人性中贪婪的一面暴露无遗,而在满足贪欲的同时,人类又展现出人性中的善良一面,将自己的爱心与人道主义的同情给予了与人类一样有生命的动物,于是,出现了在人与自然的关系中重点表现动物的作品。这一时期表现动物的作品,不是神话时代的寓言式作品,如伊索寓言中的《狼和小羊》;也不是《列那狐列传》中的列那狐,它其实是一个社会动物,是一种象征,表达的是一种社会批评,张扬的是一种人类良知。这一时期的动物作品,以传统文学的眼光看,它属于科普读物中的自然知识读物,介绍的是动物的生活习性、生命状态,以及物种的繁衍与演化等自然内容,同时充满人道主义的温暖与关怀,在展示动物世界的同时,带有明显的知识性、欣赏性,具有"向动物学习""拜动物为师"的明显倾向。如英国博物学家、作家和动物画家西顿(1860～1964)的《我所知道的野生动物》,忠实于生物学的真实性,忠实于他自己的野外考察,为美国文学乃至整个美洲文学开拓了

---

① 程虹:《宁静无价——英美自然文学散论》(序),上海:上海人民出版社,2009年,第 36 页。

一条动物文学的新路子。他在作品中,不把动物加以人化,不堕入庸俗的拟人化,而是着眼于"生物学知识的普及——首先是向少年儿童普及,在于帮助他们形成自然知识,在于培养少年的人道情感"(西顿语)。由西顿开拓的这条动物文学的新路子,一直延续下来,至今人们还会读到大量这样的作品,成为现代大自然文学的重要一翼。法国动物故事女作家黎达(1899~1955)在《跳树能手》《春天的报信者》等8部动物故事书中,以松鼠、野兔、刺猬、棕熊、海豹、野鸭、杜鹃、翡翠鸟等8种鸟兽为主角,分别写了它们的出生、成长、外貌、习性、适应环境的本领和为自己的生存、繁衍后代而斗争的方式。同时丛书还介绍和描述了其他130多种动物、70多种植物,此外,在故事中还穿插了一些大自然现象。作者以富有诗意的文字,为少年读者揭开大自然的奥秘,将丰富多彩、千奇百怪的大自然生动完美地展现给少年读者,极富科学性、真实性与趣味性。日本作家椋鸠十(1905~1987)的动物故事丛书把少年儿童带进了高山密林,带进那个遍布野生动物的神秘诱人的世界,表现了"野性可敬,自然可贵"的主题。作品多次获奖并被大量选入日本中小学课本。代表作有:《片目的大鹿》《动物的脚印》《孤岛野犬》《赤鸟》等。加拿大乔治·斯·别兰尼(1888~1938),从一个猎人和捕兽人,发展到自然探索者和动物故事作家,并以自己的作品赢得了世界声誉。他在观察日志的基础上写成的动物札记和动物故事,号召人们保护"海狸种族"和其他珍稀动物,使它们免遭无情的捕杀。代表作品有《林中书页》和《消逝的游猎部落》。作品中对大自然生活深挚的爱与对世界的富有诗意的描述,强有力地吸引了俄罗斯杰出的大自然文学家普里什文,他称誉别兰尼的作品是世界儿童文学的典范之作。

　　动物文学在俄罗斯文学史上具有重要的地位。19世纪俄罗斯文学大师,如列夫·托尔斯泰、屠格涅夫和契诃夫等,都有以大自然世界中动植物为描写对象的作品。到 20 世纪二三十年代以后,更显示了动物文学、大自然文学读物作为一条儿童文学支脉的强大,其代表性作家有比安基、普里什文、帕乌斯托夫斯基等。他们的作品在人与自然的关系中侧重表现动物,其中的动物主要是个体或种群,他们仍然是将动物世界作为人类社会的对立面来描写的,对动物大都有一种居高临下的心理优势,一种玩赏的文学心态。比安基(1894~1959)是俄罗斯大自然文学的奠基作家,其数量之众、品位之高、流传空间之广、传播时间之长、赢得读者之多,在俄罗斯儿童文学历史中可以与之匹比的作家为数鲜少。代表性作品有:《木尔楚克》(关于大山猫的故事)、《独生子》(关于驼鹿的故事)和《写在雪地上的书》(关于兽类脚印的故事)以及趣味盎然的森林百科知识全书——《森林报》等。普里什文(1873~1954)具有一种把对大自然的爱心酿化成诗意的天才,也具有一种把对大自然的爱心酿化成趣浓味深的故事的能力。代表作之一是《大自然的日历》,记述了大自然四季的变化和引发的思考。帕乌斯托夫斯基(1892~1968),是一位风格独特的大自然文学作家,作为散文巨匠和写情景的大师,1965 年他曾被提名为诺贝尔文学奖的候选人。主要作品有短篇集《夏天的日子》《一蓝棕果》《獾的鼻子》等。

俄罗斯的动物文学到了 20 世纪六七十年代出现了繁荣期,并成为俄罗斯当代儿童文学最具茁壮生命力的富有人道主义的文学枝丫。这些作家和作品有:特罗耶波尔斯基(《白比姆黑耳朵》)、恰普丽娜(《牧羊人的朋友》)、帕甫洛娃(《以前没见过——以后会看到》)、斯拉德科夫(《银色的尾巴》《林中隐秘的地方》)、阿凯莫什肯(《在动物世界里》)、罗曼诺娃(《地下旅行家》)、费拉托夫(《驯兽员的故事》)等。这些作品显著的特点是作家们追随着现代意识,认为在世界动物品种日渐减少的情况下,对所有动物都要采取爱护与保护的态度,人和动物的关系应该是和谐共生的关系。

### 四、现当代的生态文学与大自然文学:生态道德的呼唤

20世纪之前以自然为题材的文学有着浓厚的纪实色彩,多强调人与自然的交流,思考与写作的着眼点仍限于自然与自我或自然与个人的思想行为的范畴。到了20世纪,随着生态问题的日益凸显,以大自然为题材的文学,其思考的视角和价值追求都发生了重大转变,越来越专注反映生态环境与人类社会发展的关系。生态文学对自然与人的关系的考察和表现主要包括:自然对人的影响(物质的和精神的两个方面)、人类在自然界的地位,自然整体以及自然万物与人类的关系,人对自然的征服、控制、改造、掠夺和摧残,人对自然的保护和对生态平衡的恢复与重建,人对自然的赞美和审美,人类重返和重建与自然的和谐等。中国当代意义上的大自然文学,除了具有生态文学的基本特征外,还因为接受对象是少年儿童的特殊性,更彰显文学的引导功能,更关注文学的爱的主题、道德主题、和谐主题、发展主题、未来主题。所以说,中国当代意义上的大自然文学既有着深厚的文学传统,又是一种新兴的具有独立审美品格的文学类型。科学的大自然观、大自然的独立审美价值和对一切生命意义的人文关怀,面向孩子、面向未来的理想主义、浪漫情怀,是当代大自然文学的重要特征。当代意义上的大自然文学应该是以整个大自然为审美主体、以环保生态为重要内容、以追求人与自然和谐发展为目标主题、以少年儿童为主要读者的一种综合性文学。还有旅游文学、大自然摄影文学、游记文学等一些以大自然为审美对象的文学,也都可以集聚在大自然文学的旗

帜下,各得其所,汇聚成当代意义上的大自然文学大家庭,这又与生态文学有明显区别。

就世界范围而言,只有到了 20 世纪,大自然文学才在儿童文学最为发达的俄罗斯、法国、美国、加拿大、日本大为兴盛,成为 20 世纪广受读者欢迎的儿童文学品种之一。我国大自然文学作品的出现,是在 20 世纪七八十年代,以安徽儿童文学作家刘先平倡导的大自然文学创作活动为标志。刘先平四十年来的文学实践,形成了现代意义上的大自然文学的文体特征、叙事中心与审美价值。在他的作品中,大自然世界成为其文学描写的主体;大自然的动植物等万千气象也成为文本叙事的主角。他的作品表现出科学的自然观,艺术地呈现出人与自然共存共荣的关系。可以看作是中国当代大自然文学创作的先驱之作。

上述四阶段,是为了叙述的方便而人为划分的。其实,文学的发展进程不可能有这样一个分明的时间表和路线图,而是各种文学形态包容在一起,只是在某个阶段某种文学形式表现突出,其他的文学形态相对而言处于隐性。一般而言,后一种文学形态必然是由前一种文学形态孕育发展而来的,越到后来,文学的形态就越丰富,呈现多种文学形态并存、相互借鉴、各自发展的繁荣局面。大自然文学现象从内容到形式上的历史演变,就证明了这一点。

## 第二节　大自然文学审美中的生态道德传承

学界对中国当代大自然文学有多重解读与定位。其中,有学者认为,大自然文学是"人与自然的道德对话"①,这无疑是凸显了其与诸多大自然文学书写的最根本的不同点,那就是在大自然文学审美中,对人与自然关系生态道德维度的关注。

## 一、"文以载道"的审美指向

中国当代大自然文学是根植于生态文明时代的现实主义文学,它秉承中国文学"文以载道"的传统,其审美指向"人与自然的道德对话",在对话中建设生态文明的新道德,由此开创一个"文以载道"的生态文学新时代。

### 1. "文以载道"的文学观

"文以载道"源自"诗言志"。"诗言志"最早出于《尚书·尧典》:"诗言志,歌永言,声依永,律和声。"所谓"诗",《礼记·乐记》说:"诗,言其志也。"许慎《说文·言部·诗》说:"诗,志也。"孔颖达《尚书·尧典》说:"诗是言志之书。"这里的"诗"狭义的特指《诗经》,广义的指文学。所谓"言",是用来表达、显示"志"的。《左传·襄公二十五年》记载孔子的话:"不言,谁知其志?"许慎《说文》进一步明确提出"志发于言"。《六朝选诗定论》卷五说:"志之所至,言亦至焉。"有什么样的"志",就有什么样的"言",也就会有什么样的"诗","言"将"诗"与"志"联系了起来,正如宋人司马光《赵朝议文稿序》所说:"在心为志,发口为言。言之美者为文,文之美者为诗。"对于今天的文学来说,就是从《诗经》开始萌芽,经过魏晋南北朝文人的努力,到唐宋时期日渐成熟,"诗言志"也演变为"文以

---

① 吴尚华:《人与自然的道德对话——刘先平大自然文学生态意涵初探》,《大自然文学研究》(首卷),合肥:安徽人民出版社,2013年,第56页。

载道"的文学观。

2.大自然文学之"道"

如果说大自然文学是以"文学"的形式,反映"大自然"的内容,那么这个形式与内容结合所表达的主题就是大自然文学之"道"。这个"道"可以说是大自然文学的逻辑起点,没有这个"道",大自然文学也就没有存在的必要。大自然文学所载之"道"就是"自然之道",或者叫"道法自然",是宣传人与自然命运共同体的和谐之道。

大自然文学之道是"自然之道",与我国古代哲学家老庄的道家思想有着深厚的渊源关系。老子曰:"道生一,一生二,二生三,三生万物。"意思是由"道"衍生出混沌未开的原初状态的"一",由"一"派生出天地阴阳,由天地阴阳逐渐演化出世间万物。这里的"生"有"生成、分化、演化、发展"之意。可见,"道"指自然界一切的物质的本原,它先于天地万物而存在,是自然万物运动变化的规律。

与此同时,"道"还含有"人道"的意思,指统治者的治国之道。老子就主张"以道佐人主",认为统治者必须认真治理国家,而解决纷争不一定要用武力,可以通过学"道"、为"道"并以此治世、救世,从而使世界达到自然无为的境界。老子把宇宙间的一切都看作一个自然而然的过程,道生成天地万物也是一个自然而然的过程,人类治理应该遵循自然规律。庄子继承了老子学说,进一步提出,"夫道,覆载万物者也"[1],"道"存在于万物之中又主宰着万物。"道"来源于自然,反映客观自然的法则,而自然是道的本质属性。庄子赞美自然,认为天生的就是美善的,一切自然的都是美好的,一切人为的都是对自然的破坏。"天地与我并生,而万物与

---

① 李耳、庄周:《老子 庄子》,北京:北京出版社,2006年,第204页。

我为一"①,人与自然完全是一个二而一、一而二的共生体,即人与自然的合一。人本身就是一种自然物,与自然界中其他自然物没有什么本质的区别。

大自然文学之道是"道法自然"。"道法自然"是大自然文学的核心命题。"人法地,地法天,天法道,道法自然"②,这里的"法"就是效法、取法之意。人、地、天都应当取法于道,以道为法则,而道应当取法于自然,以自然为法则。换句话说,不仅道要效法"自然",天、地、万物包括人都要效法"自然"。老子所言的"自然"就是指"大自然","道法自然"就是顺应自然、遵循自然的法则,不与万物的自然的本性相违背,不以人为的造作来扭曲事物的本性。人与万物一样源于自然,必须遵循自然的法则。

大自然文学之道,就在于通过以大自然为审美的文学形式,让读者在阅读大自然文学作品时,接受"自然之道"潜移默化的情感教育,或者说大自然文学的价值在于"传道"——传播"道法自然"的道理。

## 二、生态审美的道德养成

大自然文学之所以将大自然整体作为审美对象,是因为人类开始意识到自己"不道德地"对待大自然,造成大自然生态失衡,最终受到伤害的还是人类自身。正如中国大自然文学开创者刘先平指出的:"生态道德的缺失,造成了我们生存环境的危机",以生态审美为特征的大自然文学,必然承担起"呼唤生态道德"的文学责任。③

---

① 李耳、庄周:《老子 庄子》,北京:北京出版社,2006 年,第 183 页。
② 李耳、庄周:《老子 庄子》,北京:北京出版社,2006 年,第 57 页。
③ 刘先平:《呼唤生态道德(代序)》,见《续梦大树杜鹃王》,武汉:湖北科学技术出版社,2018 年,序言,第 I 页。

## 1. 人与自然的道德对话

大自然文学最重要的价值是阐释人与自然的道德关系。通过人与自然之间的道德关系，进而折射人与社会之间的关系。大自然文学作为现代生态文学书写的一种自然书写，将自己的审美功能定位在人与自然关系的探寻上。它以关注生态破坏的现实问题为逻辑起点，有着鲜明的忧患意识和环保意识。这些生态现实问题作为大自然文学作品中的典型环境，通过人与自然之间的伦理冲突以及由此引发的生态恶化的趋势，上升到有关人类生存发展与自然生态保护的文学追问和哲学思考。

简言之，人类从自然中走来，又如何看待自然，亦即人与自然之间应该建立怎样的伦理关系，才能建构人与自然和谐共生的美好前景？因而，大自然文学与生态文学的明显区别，在于大自然文学的自然书写更关注以原生态自然作为审美对象，而不是"人化的自然"；在讲述人与自然的关系上，通过人对自然的体验和融合来展现"天人合一"的理想境界。

大自然文学中人与自然的对话，往往是以作者的亲身经历为主线，写作者走进自然怀抱，通过零距离的现场观察来体验、感悟来自自然的启示，面对面地与自然对话，做深刻的灵魂剖析。正如环境伦理学创始人施韦泽所说："我们越是观察自然，就越是清楚地意识到，任何生命都有价值，我们和它不可分割。出于这种认识，产生了我们与宇宙的亲和关系"，"对其他任何生命都保持敬畏的态度。保持生命、促进生命就是善，反之毁灭生命、压制生命就是恶"。环境伦理学先驱、诺贝尔和平奖获得者史怀哲认为，"伦理学所要解决的真正问题却是人对世界及他们遇到的所有生命的态度问题"。在他看来，所谓伦理学"就是敬畏我自身和我之外的所有生命意志"，因为"每个生命都是一个秘密，我们与自然的生命密切相关。任何生命都有价值,我们和它不可分割"①。

在大自然文学视野里,所有生命都是相互关联、休戚与共的一个整体,人只有把其他生命视为与人类一样神圣、把动植物生命视作人类的同胞兄妹,并尽人类所能去帮助自然界所有需要帮助的生命的时候,人类才是道德的。从这个意义上来说,大自然文学最重要的审美价值,就是在人与自然的心灵交流中,文学地阐释人与自然的道德关系。

2. 呼唤生态道德

建设生态文明,需要法律和道德双管齐下。法律和道德是解决一切问题的两大支柱,生态文明建设是一项系统工程,在呼唤生态法制建设的同时,更需要呼唤生态道德的养成。法律惩罚人对自然的恶行,道德规范人对自然的善行,但几千年来,我们已有了处理人与人、人与社会之间关系的行为规范——法律和道德,却没有处理人与自然关系的行为规范。刘先平认为,"生态道德的缺失,正是引发环境危机的重要原因。长期以来,我们在处理人与自然关系方面,没有建立起道德规范,不注重从道德层面加以引导,法律也严重滞后,因而无视其他生命的权利,对大自然进行无情的掠夺……只有受到大自然的严厉惩罚,直到危及人类本身的生存,才迫使人类重新审视自身与自然的关系,规范人与自然关系的法律和建立生态道德的重要性才得以凸显"②。

大自然文学呼唤生态道德,就是借用文学的力量,引导人们在关注人与自然的关系中,调整自己的行为。"强调生态道德,在于强调、突出它

---

① 吴尚华:《人与自然的道德对话——刘先平大自然文学生态意涵初探》,《大自然文学研究》(首卷),合肥:安徽人民出版社,2013 年,第 83—85 页。
② 刘先平:《呼唤生态道德(代序)》,《续梦大树杜鹃王》,武汉:湖北科学技术出版社,2018 年,序言,第 Ⅱ 页。

比之于其他道德的鲜明的特点——人与自然的关系。我们急需建立对于自然、环境应具有的行为规范,以调节人与自然之间的关系,消解环境危机,建设人与自然的和谐。这是时代向我们提出的重大命题。"①在刘先平看来,生态道德在全社会的建立,将是一个艰难而长期的任务,需要全社会动员一切力量来参与,而大自然文学就是培养生态道德的文学读本,不仅应运而生,而且大有可为。

---

①　刘先平:《呼唤生态道德》,《大自然文学研究》(首卷),合肥:安徽人民出版社,2013 年,第 23 页。

# 第五章　大自然文学与生态文明

人从自然中走来,成为万物之灵,成为自然的主宰者,进而无视自然规律,无视万物生存,自然生态受到破坏,人类受到自然惩罚,生态危机实际上成为人类自身发展的危机。因此,重新审视人与自然的关系,重建生态文明,日益成为人类社会的共识和自觉追求,这也是大自然文学形成和发展的社会历史背景。以"呼唤生态道德"为己任的大自然文学,在生态文明建设中,发挥着文学启蒙的独特作用。大自然文学以批判与重构的精神关注生态失衡的现实,并实现人与自然和谐共生的境界;以文学的情感力量呼唤生态道德,促进全社会特别是少年儿童生态道德的养成并推进生态文明建设,实现大自然文学的文学价值和社会责任。

## 第一节　大自然文学:人与自然关系的审美形式

中国当代大自然文学,从其审美价值取向而言,就是通过文学的形式来表现人与自然关系,从这个意义上说,大自然文学就是人与自然关系的审美形式。

## 一、人与自然关系的历史认知

在古代,人类认识自然和控制自然的能力极其有限,因而把自然界当作至高无上的神加以崇拜。近代以来,由于科学和生产力的迅猛发展,人类试图把自然界当作一种异己和敌对的力量加以征服。从 20 世纪 60 年代开始,由于生态危机日益严重,随之诞生了反人类中心主义的思潮,提倡人与自然和谐共生。由此可见,人类对人与自然关系的认识经历了三个阶段:自然崇拜阶段、人定胜天阶段、和谐共生阶段。

1. 自然崇拜阶段

"人类社会不论如何变化不定,他们仍然被看作是一种生态系统的一部分。"[①]生物圈以其生态系统的相互作用所形成的特定结构和功能,为人类提供了适宜生存的环境条件。人类生存离不开生态环境,人类通过社会实践,把自然界化为人类"无机的身体",建立起人与自然的关系。

原始时代,人类认识自然界的能力非常低下,对变化无常的自然现象迷惑不解,因而产生神秘感和恐惧感。看到太阳每天从东方升起到西方落下,周而复始,非常惊异;看到下雨下雪、电闪雷鸣等自然现象,非常奇怪;看到地震、火山、洪水、干旱等自然灾害,非常震惊;看到瘟疫、疾病、生死无常等生命现象,非常恐惧。因寻求不到事实真相,只好用想象来解释原因,以为自然界由神主宰,白天有太阳神,晚上有月神,有雷公电母,有天堂地狱,万物有神,万物有灵,将鬼神看作自然界的主宰,产生了种种解释神秘现象的迷信思想,认为在强大的自然力面前,人类无能为力,束手

---

① 〔美〕N.J.格林伍德等:《人类环境和自然系统》,刘之光等译,北京:化学工业出版社,1987 年,第 493 页。

159

无策,只能听其自然,一切都由神来操纵。人类遭遇的一切灾难,都是神的惩罚;人类从自然中的获得,都是神的恩赐。人类唯一能够做到的,就是乞求神的慈悲、怜悯和保佑,对自然界的神顶礼膜拜。

但人类与其他生物物种的生存方式又有本质区别,不是被动地适应自然,而是积极主动地利用自然,甚至改造自然,为自己的生存和发展解决各种生活所需。利用自然和改造自然的前提是要认识自然和了解自然,由于人类自身能力低下,无法认识和了解身边千奇百怪的自然现象,在惊恐地面对自然的同时,试图用想象来解释自然,将自然力加以神化,表达对自然的崇拜,这也是人类神话的起源。

现代考古学、人类学、历史学等领域的研究均表明一个事实:在自然崇拜阶段,人与自然的关系是一种狭隘单向的形式,人与自然处于原生态的平衡当中,人属于自然,是自然之子,也是自然的附庸。这种原始的生态平衡状态,随着文明时代的到来,大约在 16 世纪有了本质的突破,逐步进入人定胜天阶段。

2. 人定胜天阶段

所谓"人定胜天",是说人力一定能战胜自然力,自然界应该"以人类为中心"。古希腊哲人柏拉图认为,人的理念构建了这个世界,因而这个世界是"以人为中心"的体系。这种思想的火花,在生产力极其低下的远古时代,乃至整个中世纪,表现非常微弱,不足以影响宗教神学的地位。只是到了农业文明时代,社会生产力有了发展,人类在了解自然的基础上,可以按照自己的意愿去改造自然,人与自然的关系开始出现初步对抗,人为造成的人与自然关系的矛盾冲突日益加剧,表现为在农业发展的同时,带来了砍伐森林、水土流失、植被破坏等对自然的伤害,这表明人类在与自然的相处中,逐渐萌生了人定胜天的"以人为中心"的思想。

16 世纪,伴随着文艺复兴运动和宗教改革运动的发展,兴起了"提倡人权、反对神权,崇尚科学、反对神学"的思想解放运动;随着科学技术成为生产力,"知识就是力量",人类对自然界的了解日益加深,自然的神秘面纱被——揭开,对自然的利用、改造不断扩大和深入,人与自然的关系逐渐发生了颠覆性的改变,人类日益成为自然界的主人,人是万物之灵,人主宰万物,人可以为所欲为。另一方面,人类又将自然界看成是一种异己或敌对的力量。培根就认为,"人类为了统治自然需要了解自然,科学的真正目标是了解自然的奥秘,从而找到一种征服自然的途径"①。这是典型的"以人为中心"的人定胜天的自然观。

随着工业文明时代的到来,人类与自然的关系又发生了革命性的逆转,人类完全占据了自然界的主导地位,人类不断征服自然、改造自然,从而导致自然生态修复能力被破坏,人与自然矛盾冲突骤然全面激化。到了当代,生态危机成为全球性问题,自然界对人类破坏生态平衡的行为,开始报复和惩罚,向人类敲响了警钟。

3. 和谐共生阶段

工业文明带来自然生态的破坏,已经反过来危害人类的生存和发展,迫使人类思考,我们能否真正地超脱自然、统治自然,做自然的主人,甚至凌驾于自然之上。"在对待自然问题上,恩格斯深刻指出:'我们不要过分陶醉于我们人类对自然界的胜利。对于每一次这样的胜利,自然界都对我们进行报复。每一次胜利,起初确实取得了我们预期的结果,但是往后和再往后却发生了完全不同的出乎预料的影响,常常把最初的结果又消除了。'人因自然而生,人与自然是一种共生关系,对自然的伤害最终

---

① 童天湘:《新自然观》,北京:中共中央党校出版社,1988 年,第 211 页。

会伤及人类自身。只有尊重自然规律,才能有效防止在开发利用自然上走弯路。这个道理要铭记于心、落实于行。"①人与自然关系的状态,是人类文明进程的重要标志,而文明的每一种转型首先是人与自然关系的转型。

习近平总书记说:"走向生态文明新时代,建设美丽中国,是实现中华民族伟大复兴的中国梦的重要内容。中国将按照尊重自然、顺应自然、保护自然的理念,贯彻节约资源和保护环境的基本国策,更加自觉地推动绿色发展、循环发展、低碳发展,把生态文明建设融入经济建设、政治建设、文化建设、社会建设各方面和全过程,形成节约资源、保护环境的空间格局、产业结构、生产方式、生活方式,为子孙后代留下天蓝、地绿、水清的生产生活环境。"②生态文明新时代的到来,意味着人与自然和谐共生阶段的开始。

## 二、生态文明时代的必然产物

文学总是与一定历史阶段的社会生活紧密联系的。人类社会进入生态文明时代,必然有生态文学与之相呼应,大自然文学便应运而生。大自然文学以人与自然关系为审美对象,从人与自然关系角度,将文学推进了一个新阶段,自觉承担起生态文明建设的使命任务。它主要以少年儿童为读者,以文学的情感力量,讲述人与自然关系的故事,呼唤人与自然和谐相处的生态道德。

1. 生态文明时代是大自然文学的基础

---

① 习近平:《在省部级主要领导干部学习贯彻党的十八届五中全会精神专题研讨班上的讲话》(2016 年 1 月 18 日),北京:人民出版社,2016 年,第 18 页。

② 同上。

大自然文学是现代概念，其演进的逻辑进程集中体现了人类对自然的认知水平以及人与自然关系的演进。远古时期的神话文学是原始人关于人与自然关系的文学。原始社会生产力水平低下，原始人对自然界的了解极其有限，在变幻莫测的大自然面前无能为力，心中油然生成对自然力的恐惧、敬畏和崇拜，认为自然神是一切事物之母，产生了将自然力加以神化的原始文学——神话，如探讨人类神秘起源的始祖诞生神话、书写人类征服自然的英雄神话。随着人类不断进化与生产力不断提高，对自然界的了解不断深入，自然力的神性逐渐丧失，而人性日益明朗。在人类迈进文明时代的门槛后，作为人类"童年"时代所特有的文学现象——借想象来征服自然力的神话，随着这些自然力的实际上被支配，也就消失了，所谓神话也渐渐演变成英雄故事和传说故事，如炎黄之战、特洛伊的故事、神农辨药、仓颉造字等。古代的山水文学便是人类进入文明时代后"人化自然"的文学。文明人将大自然比作一本书，在阅读自然这部大书的过程中，有了"人与自然关系"的种种解释，出现了不同的自然观——人化自然。反映到文学创作中，人们"将大自然作为人类心灵的对象化"，或借景抒情，或托物言志，出现了一个寄情山水的文学时代。从我国第一部诗歌总集《诗经》中"关关雎鸠""呦呦鹿鸣"的自然描写，到三国时期曹操《观沧海》一诗开启山水诗派，再到明代"完全超越功利的对山水的兴趣和挚爱"之作《徐霞客游记》，完成了从发现"生活中的自然之美"到体现"中国的自然之爱"[1]的历史跨越。特别是散文体的《徐霞客游记》，与比它晚一个世纪的美国威廉·巴特姆的《旅行笔记》一起，为20世纪中期以来大自然文学的涌现提供了特殊形式的文学准备。

---

① 徐霞客：《徐霞客游记》，长春：吉林出版集团有限责任公司，2015年，第276页。

与行走自然的游记散文相比，还有一类"在人与自然关系中"关注动物生命的文学，这类作品中的动物，已经不是神话时代的寓言式象征，而是以人对动物的认识为基础，讲述动物的生活习性、生命状态，以及物种繁衍与演化的自然故事，如英国博物学家、动物画家西顿的《我所知道的野生动物》、法国动物故事女作家黎达的《春天的报信者》、日本作家椋鸠十的《金色的脚印》、俄罗斯自然文学作家普里什文的《大自然的日历》和比安基的《森林报》等。这类作品往往以儿童为读者对象，讲述中充满人类对动物单纯的爱心，体现出人与自然友好相处的和谐思想，成为世界大自然文学的宝贵遗产。

现代大自然文学是生态文明时代的文学。文学对生态问题的关注由来已久，在不同时期的文学里都可以瞥见生态文学的"因子"。1962年是个转折点，美国海洋生物学家、作家蕾切尔·卡逊出版了《寂静的春天》这部极不寻常的书，讲述农药给人类环境带来的危害，人类将会面临一个没有鸟、蜜蜂和蝴蝶的世界，引起人们对野生动物的生命关注和对环境问题的普遍担忧，促使各种环境保护组织纷纷成立，联合国召开"人类环境大会"（1972年6月12日在斯德哥尔摩），各国签署了《人类环境宣言》，开始了保护环境的伟大事业。人类终于认识到，人类来自自然界，人与自然是生命共同体，"人类应该尊重其他生物物种的生存权，要以自然界的利益为重，同自然界讲公正、讲道德、讲义务，把伦理观点扩展到生物圈乃至无机界"[1]。鉴于此，一批科学家、作家把关注的目光转向了人类生存环境，围绕"人与自然关系"这一时代主题，写出了一批"呼唤生态道德、讴歌生态和谐"的大自然文学作品，如"刘先平大自然探险长篇系列"等。

---

[1] 钱兆华等:《自然辩证法教程》，武汉:湖北教育出版社,2000年,第103页。

## 2."人与自然关系"的文学

回顾自然题材文学创作的演变进程,有两点启示:一是大自然书写自古有之,而大自然文学是生态文明时代才有的现代文学;二是大自然文学不是单纯以自然为题材的文学,而是关于"人与自然关系"的文学。大自然文学既有悠久深厚的文学传统,又具有独立的审美价值和鲜明的文学品格。

自然书写与大自然文学。所谓自然书写是指以自然为描写对象的文学作品,它不是一个文体概念,而是以作品的题材与内容来命名的。具体地说,自然书写不强调"生态意识",它既包含了作家主体性极强的"非生态意识"的浪漫主义作品,也包含了"生态意识"极强的现实题材的生态文学创作。体现在文学创作上,文学的"自然书写"有两种情形:一是以大自然为书写客体,强调作家主体精神的写作,这类作品写的是自然,却是"以人为本位",把自然置于人类的对立面,赞美大自然的神奇美丽,借大自然山水来张扬人的主体意识,讴歌作为大自然主宰的人;另一种是"以大自然为本位",站在大自然的立场来批判人类对大自然的肆意改造和破坏,被称为"生态文学"。

大自然文学是一种特殊形态的生态文学,体现了"从文学的人本主义向生态主义"的延伸和演化,但比批判现实主义的生态文学多了浪漫主义的情怀和未来主义的理想,建立在"人与自然和谐发展"的"美丽大自然"的人类梦上,成为大自然文学的主色调。因而,有自然书写的作品不一定就是大自然文学,但大自然文学一定有自然书写。

一代有一代之文学。大自然文学的出现,是文学在人类文明进入生态时代的一种自觉,是当代作家对人类与自然关系深刻认识的一种自觉。历代文学作品中对大自然的描写,不能称之为大自然文学,现代意义上的大自然文学的出现，也不仅仅是一个时间概念，更重要的是，它是人类文明发展到生态时代对自身生存危机认识、反思的结果，体现了作家对人类未来的终极关怀。从这个意义上说，大自然文学是以人与自然关系为整体审美对象、将人与自然作为命运共同体来重新思考、脚踏实地又面向未来的生态道德启蒙文学。

大自然文学的审美品格。大自然文学既然是当代生态文学的一种独特形态，就有其区别于一般生态文学的审美个性。第一，大自然文学是以大自然生态系统整体利益为最核心价值的文学，"自自然然地颠覆一个只写'人'的以往文学世界"[1]。文学是人学，这似乎成了一种定律，大自然文学对这种"文学常识"是一次挑战和甄别。它强调人类属于大自然，人不再是万物之灵，不再是万物主宰，在大自然文学里，不仅讲人性，而且要讲大自然各种生命物种的自然属性。作家创作立场由人向大自然（"人与自然"）转变，是大自然文学与生态文学的本质区别。第二，大自然文学是考察和表达人类与自然关系的文学，这就决定了大自然文学具有亲历性、纪实性和现场性，是作家行走大自然、思考大自然的文学记录。第三，大自然文学是探寻人与自然和谐相处、预测人类未来的文学。大自然文学描写现实，却指向未来，在现在与未来之间架起一道"人与自然和谐共生"的生态道德桥梁，启发社会生态意识的养成。第四，与大自然文学的未来性和启蒙性相一致，少年儿童是其重要且主要的读者，大自然文学具有鲜明的儿童文学的品质，也因为儿童文学是与自然关系最密切的文学。第五，大自然文学具有别具一格的文体形式。大自然文学的丰富

---

① 班马：《自自然然地颠覆一个只写"人"的以往文学世界——读出刘先平作品的性情与气质》，《人与自然的颂歌——刘先平大自然探险文学评论集》，合肥：安徽少年儿童出版社，1999年，第31页。

性,可以集合所有文体的优长,往往"跨界"大自然游记散文、大自然探险小说、大自然科普知识、大自然摄影文学,创造了一种融科学性、知识性、文学性、儿童性于一体的文体特征。

综上所述,大自然文学是对"文学是人学"的突破,在中国百年文学史上,"唯有生态写作首次将'人与人'和'人与社会的思维模式',转化为'人与自然'的思维模式……生态性写作对于中国当代作家和当代文学的深层意义,是价值观和世界观层面上了……已经不再局限于生态写作本身,而扩散到、渗透到文坛的各个角落,已经对中国当代文学创作现状与走势,发挥了潜移默化的作用。也正是从这个意义上,我们可以把生态文学创作看作中国现当代文学史上出现的第五次大的文学思潮和文学现象,它把中国现当代文学的发展和走向带入了一片新的天地,因此说,这是一次有着重要的文学史意义的转向"①。与其他诸类生态文学现象相比较,以刘先平为代表的中国当代大自然文学创作,无疑在时代性与艺术上更具有突出而鲜明的示范价值。

## 第二节　新时代生态文明思想与大自然文学的进程

新时代生态文明思想强调绿水青山就是金山银山,强调走绿色发展道路,因为人与自然是生命共同体,相互依存、相互促进、共处共融。中国当代大自然文学与中国生态文明建设同步,兴起于 20 世纪七八十年代,经过四十年的发展,进入社会主义生态文明建设的新时代,并必将在新时代显示出勃勃生机。

---

① 徐刚:《大森林》,北京:北京十月文艺出版社,2018 年,第 456 页。

## 一、当代中国生态文明建设的理念与实践

党的十一届三中全会以来,在将全党和全国的工作重点转移到经济建设上来的同时,中国共产党人科学把握人类社会发展规律,特别是人与自然和谐发展的规律,创造性地提出了社会主义生态文明的理念、原则和目标,并将之鲜明地写入党的十七大、十八大、十九大政府工作报告和《中国共产党章程》,这在人类发展史上具有划时代的意义。特别是党的十八大以来,习近平同志倡导"人与自然是生命共同体""绿水青山就是金山银山"的生态文明理念,是马克思主义学说在当代中国的丰富和发展,是我国社会主义生态文明建设的行动指南,也是我国社会主义生态文明时代繁荣文艺创作的行动指南。

中华人民共和国成立以后,在科学探索中国特色社会主义道路的过程中,当代中国走过了一条绿色发展道路。尤其是改革开放之后,我国明确提出了生态文明的新理念。改革开放四十年的生态文明建设,主要是"法制化建设""可持续发展战略"和"绿色发展道路"。

法制化建设。中华人民共和国前三十年的社会主义建设实践,由于没有社会主义经济建设经验和急于追求经济发展速度,在经济发展中偏重于人对自然的改造,过分强调发挥人的主观能动性,在"人定胜天"的思想指导下,相信"人有多大胆,地有多大产",一定程度上忽视了人与自然的和谐关系,出现了毁林开荒、围湖造田等破坏生态的现象。汲取教训,拨乱反正,必须从建章立制和立法普法开始。针对西方发达国家"先污染,后治理"的传统老路,我国提出了"防害于先,综合治理"的基本思想。邓小平于1978年明确指出,要集中力量制定森林法、草原法、环境保护法等相关法律,做到有法可依,有法必依,执法必严,违法必究。按照这

一要求，1978 年修订的《中华人民共和国宪法》首次对环境保护做出明确规定："国家保护环境和自然资源，防治污染和其他公害。"1979 年 9 月，新中国第一部环境保护基本法《中华人民共和国环境保护法（试行）》颁布，开启了生态环境保护的法制进程。

可持续发展战略。世纪之交，可持续发展成为全球性潮流，中国率先将可持续发展战略确立为国家发展战略。1995 年 9 月 28 日，党的十四届五中全会提出"在现代化建设中必须实施可持续发展战略"。2003 年，胡锦涛同志提出"科学发展观"概念，包括"协调发展、全面发展、可持续发展"三项基本要求。"可持续发展，就是要促进人与自然的和谐，实现经济发展与人口、资源、环境相协调，坚持走社会发展、生活富裕、生态良好的文明发展道路，保证一代接一代的永续发展。"[①]

绿色发展道路。绿色化是实现可持续发展战略的现实途径。从 20 世纪 70 年代以来，绿色化成为世界性潮流。这里的"绿色"就是"亲自然、亲环境、亲生态"的意思。2008 年，联合国气候变化大会提出了"绿色新政"的倡议，即"绿色增长"和"绿色经济"，推动环境和经济的可持续发展。2015 年 10 月 29 日，党的十八届五中全会提出了"创新发展、协调发展、绿色发展、开放发展、共享发展""五大发展理念"，习近平同志指出："绿色发展，就其要义来讲，是要解决好人与自然和谐共生问题。"[②]在贯彻和落实可持续发展战略的过程中，党的十七大提出了生态文明理念。党的十八大以来，以习近平同志为核心的党中央将生态文明建设纳入中

---

① 胡锦涛：《在中央人口资源环境工作座谈会上的讲话》。中共中央文献研究室编：《十六大以来主要文献选编》（上），北京：中央文献出版社，2005 年，第 850 页。

② 习近平：《在省部级主要领导干部学习贯彻党的十八届五中全会精神专题研讨班上的讲话》，《人民日报》，2016 年 5 月 10 日。

国特色社会主义总体布局,提出了"美丽中国"奋斗目标,将党和国家对于生态文明建设的认识提升到一个崭新高度。2017 年,在党的十九大报告中,习近平同志提出了"加快生态文明体制改革,建设美丽中国"的新任务,将"推进绿色发展"作为"四大举措"之首,为中国特色社会主义建设赋予了新的历史使命和新的时代生命力。

## 二、生态文明主流价值观与大自然文学

"生态文明"具有明确的社会主义性质,生态文明建设是中国共产党领导下的人民群众自主创新的伟大事业,是中国特色社会主义总体布局中的重要一位,是社会主义核心价值观的重要内容。生态文明必然是文艺创作反映的"伟大事业",必然是文艺宣传的主流价值观。

### 1.生态文明主流价值观与生态道德教育

早在"十一五"时期,我国就明确提出要构建繁荣的生态文化体系,规划生态文化的发展蓝图。按照"五位一体"总体布局,将生态文明融入文化建设是生态文明建设的重要方向和基本途径。这种融合的要求和结果就是要大力发展社会主义生态文化。生态文化是生态文明的文化表现和文化表征。改革开放以来,随着全社会生态文明意识不断增强,国家倡导"建立生态文化体系。倡导尊重自然、顺应自然、保护自然的生态文明理念,并培育为社会主流价值观。加强生态文明科普宣传、公共教育和职业培训,做好生态文化与地区传统文化的有机结合。"①在将社会主义生态文明建设和社会主义精神文明建设相融合的过程中,党和国家不仅突

---

① 《关于印发国家生态文明先行示范区建设方案(试行)的通知》,中华人民共和国中央人民政府网站,2013 年 12 月 13 日。

出了社会主义生态文明的价值导向问题，而且进一步要求将生态文明上升为社会的主流价值观。《中共中央、国务院关于加快推进生态文明建设的意见》指出："积极培育生态文化、生态道德，使生态文明成为社会主流价值观，成为社会主义核心价值观的主要内容。"①这里的"生态文化、生态道德"，不仅是生态文明建设的重要内容，也是社会主义核心价值观的主要内容，更表明了生态文明主流价值观的生态道德范畴。

生态道德教育作为生态文明主流价值观的核心内容之一，萌芽于改革开放的新时期，表现在社会主义精神文明建设中"爱护自然和爱护环境"的道德要求。进入新世纪，中共中央印发了《公民道德建设实施纲要》，将"人与自然之间的关系"纳入"社会公德"，确立了生态道德在社会主义先进文化中的地位。②2012年11月，党的十八大报告明确提出了包含"和谐"在内的社会主义核心价值观，要求生态文明知识理念进课本、进课堂、进学校，提高青少年对节约资源、保护环境重要性的认识，树立正确的生态价值观和道德观。党的十九大修改和完善了《中国共产党章程》中关于"中国共产党领导人民建设社会主义生态文明"的内容，新增了"增强绿水青山就是金山银山的意识"，更加明确了新时代社会主义生态文明主流价值观的科学理念与基本方略。

基于人与自然是生命共同体，生态文明构成了生态意识、生态道德、生态理念"三位一体"的价值体系。生态意识是对生态文明最为表象的认识，也是生态文明在观念形态当中的起步阶段；生态道德是对生态文明

---

① 中共中央文献研究室：《中共中央、国务院关于加快推进生态文明建设的意见》，《十八大以来主要文献选编》（中），北京：中央文献出版社，2016年，第500页。

② 中共中央文献研究室：《公民道德建设实施纲要》，《十五大以来主要文献选编》（下），北京：人民出版社，2003年，第1985页。

较为高级的伦理把握,基于人们对生态文明的普遍信念而形成的内在和外在的道德规范;生态理念是对生态文明更为高级的理性认知,其立足于对生态文明基本概念、基本原理和基本规律的科学认知。可以说,新时代大力弘扬社会主义生态文明观理念,正是建立在已有的生态文明意识和生态文明道德的基础之上而开展的。中国当代大自然文学创作,也正是通过讲述大自然故事,讲好"美丽中国"故事,来培育生态文明意识和建立生态文明道德,最终牢固树立生态文明理念,建设生态文明社会。

2. 中国大自然文学与生态文明建设同步

生态文化不是完全自发的文化类型,而是有着鲜明社会属性的引领型文化,需要通过规范化发展,使其成为自觉构建的文化形态。通过推进生态文化的全面性融入以及不断拓宽传播渠道,使其渗入社会生活的各个方面,成为生态文明建设的强大精神支撑,是我国发展社会主义生态文化的重要方式。2015 年,党和国家明确提出,要"将生态文化作为现代化公共文化服务体系建设的重要内容,挖掘优秀传统生态文化思想和资源,创作一批文化作品,创建一批教育基地,满足广大人民群众对生态文化的需求"①。作家和艺术家以喜闻乐见的大众形式,创作以彰显生态意识、生态道德和生态观念为主要内容的大自然文学作品,这对于弘扬生态文化,推进生态文明建设,实现人与自然和谐共生、中华民族永续发展的伟大事业有着不可替代的重要作用。

中国当代大自然文学和中国改革开放的进程同步,也和中国生态文明建设的进程同步。一般认为,中国大自然文学涌现于 20 世纪 80 年代,

---

① 中共中央文献研究室:《中共中央、国务院关于加快推进生态文明建设的意见》,《十八大以来主要文献选编》(中),北京:中央文献出版社,2016 年,第 500 页。

最初习惯称之为环境文学、生态文学、自然文学,其作者也被称为环保作家、科普作家。大自然文学的出现得益于20世纪70年代末开始的改革开放,得益于改革开放以来中国社会生态文明意识的觉醒。可以说,中国大自然文学来自生态遭到破坏的现实和同一时期西方自然文学(或生态文学)的启示。因而,中国大自然文学在最初所呈现的不是牧歌式的壮美和书写,而是呐喊与呼号,在那样一个充满矛盾的时代,一方面是经济迅猛发展,一方面是环境严重透支,突出表现在水污染严重,生态平衡破坏,每年减少一千万亩耕地,同时每年增加一千万人口,森林倒地,草场被毁,荒漠化汹涌席卷,生态环境全面恶化。这些都是大自然文学最初形成的历史语境。

一些长期在野外大自然探险考察的科学家、文学家最先感受到"大自然的呼唤",他们在考察报告和纪实作品中发出对生态环境恶化的忧患之声,提醒人们注意在以经济发展为主导的建设中,中国和世界其他国家同样面临着生态恶化的共同难题,特别是大自然文学作家,希望通过文学作品承担起唤醒的使命,开启一场"关于人与自然、发展与资源、物质与精神的国民教育"的生态文化启蒙运动。因而,中国大自然文学的最突出特点,就是有着一种与生俱来的忧患意识、使命感,甚至有一种"不耽于前驱"的孤独感。

3. 当代中国大自然文学的"三大进程"

改革开放四十年中国大自然文学的发展进程大致有三大主题阶段,即20世纪八九十年代的"环境教育"主题、新世纪以来的"生态道德"主题,以及新时代的"美丽中国"主题。

20世纪70年代末开始的改革开放,让人们的视野由内向外。在面临生态危机日益严重的现实焦虑中,在《只有一个地球》①《寂静的春天》《瓦尔登湖》《沙乡年鉴》②等环保著作和自然文学作品的影响下,一些大自然文学的先行者,如刘先平(《云海探奇》,1980年)、徐刚(《伐木者,醒来!》,1988年)等作家作品闯入了其时中国社会少为人知的生态环境文学领域。这些作品从自然的高度,审视人类的行为,以全新的题材、昂扬的文字、警世的笔墨出现于文坛,具有一定的轰动效应,被视为"中国当代社会传播比较广泛的环境教育"。处于起步阶段的中国大自然文学,在时间上具有两个特征,"与中国改革开放同步,与西方尤其是美国自然文学的复兴同步"③。正如浦漫汀评价刘先平的大自然探险长篇小说创作时所说:"你以崭新的人与自然的关系审美,写出的是最新的大自然文学,有鲜明的特点,是中国的大自然文学。世界上大自然文学流派的真正兴起,也是在七八十年代。"④

---

① 《只有一个地球——对一个小行星的关怀和维护》是一本讨论全球环境问题的著作。该书是英国经济学家 B. 沃德(B. Ward)和美国微生物学家 R. 杜博斯(R. Dubos)受联合国人类环境会议秘书长 M. 斯特朗(M. Strong)委托,为 1972 年在斯德哥尔摩召开的联合国人类环境会议提供的背景材料。材料由 40 个国家提供,并在 58 个国家 152 名专家组成的通信顾问委员会协助下完成。全书从整个地球的发展前景出发,从社会、经济和政治的不同角度,评述经济发展和环境污染对不同国家产生的影响,呼吁各国人民重视维护人类赖以生存的地球。该书译成中文后,曾入选我国人教版、北师大版等多个版本的《语文》课本。

② 《寂静的春天》《瓦尔登湖》《沙乡年鉴》并称为"自然文学三部曲"。《寂静的春天》(1962 年)是美国海洋生物学家、科普作家蕾切尔·卡逊(1907~1964)创作的科普读物,该书讲述的是农药对人类环境的危害,引发了美国以至全世界的环境保护事业。《瓦尔登湖》(1854 年)是美国作家梭罗(1817~1862)独居瓦尔登湖畔的记录,描绘了他两年多时间里的所见、所闻和所思,是 19 世纪最著名的美国自然主义著作的经典作品。《沙乡年鉴》(1949 年)是美国生态伦理之父奥尔多·利奥波德(1887~1948)的自然随笔和哲学论文集,也是一部关于土地伦理学的开山之作,被称为"美国资源保护运动的圣书"。

③ 徐刚:《大森林》,北京:北京十月文艺出版社,2018 年,第 412 页。

④ 刘先平:《跋涉在大自然文学的 30 年》,《大自然文学研究》(首卷),合肥:安徽人民出版社,2013 年,第 8 页。

改革开放四十年中国大自然文学的"三大进程",在刘先平大自然文学创作中有着典型性表现。刘先平大自然文学创作起步于20世纪80年代,以四部大自然探险长篇小说《云海探奇》《呦呦鹿鸣》《千鸟谷追踪》《大熊猫传奇》和大自然探险散文故事集《山野寻趣》为中国大自然文学留下第一批成果。进入21世纪,刘先平在文学界第一次打出大自然文学的旗帜,倡导大自然文学创作,并取得了丰硕成果,在国内外文学界产生了重要影响。

刘先平初期的大自然文学探险纪实作品,有着突出的"环境教育"主题。随着世纪之交对大自然文学倡导与创作的深入,刘先平的大自然文学创作主题越来越集中到"生态道德"主题上,因为刘先平认为,"生态道德的缺失,造成了我们生存环境的危机",他"在大自然中跋涉四十多年,写了几十部作品,其实只是在做一件事:呼唤生态道德——在面临生态危机的世界,展现大自然和生命的壮美","只有人们以生态道德修身济国,和谐之花才会遍地开放"[①]。进入生态文明建设的新时代,中国大自然文学迎来千载难逢的发展良机。大自然文学与新时代我国现代化建设有着共同的目标追求——人与自然和谐共生。把握新时代脉搏,讴歌绿色发展,刘先平提出了中国大自然文学的新任务,就是讲好新时代"美丽中国"的故事,为社会主义生态文明建设做出文学的贡献。大自然文学作家徐刚认为,"中国自然文学立足中国大地,关注世界和地球,表现出强烈的大地意识……倘若中华民族复兴必以文化复兴为先导……那么有此气象的在当今文坛,首推中国自然文学了"[②]。

---

① 刘先平:《续梦大树杜鹃王·卷首语》,武汉:湖北科学技术出版社,2018年。
② 徐刚:《大森林》,北京:北京十月文艺出版社,2018年,第424页。

### 三、大自然文学在生态文明建设中的作用

生态文明建设是实现人与自然和谐发展的必然要求,而大自然文学既是这场历史变革的必然产物,又成为这场历史变革的重要文化推动力。

1.大自然文学是生态文明建设的重要抓手

大自然文学从其诞生的那一刻起,就肩负着传播生态文明的时代使命。大自然文学的发展是"伴随着人类对自身生存环境的担忧而产生的一种紧迫感而萌芽、成长起来的"①,"承载着强烈的社会需求,合着急切的时代呼唤"②,其作品围绕着人与自然这一主题,抨击假恶丑,歌唱真善美,给人以警示和启迪,从而以文学艺术特有的审美魅力,影响人们的精神活动,促进人们进一步树立环境意识,培养生态道德,建设生态文明。生态文明建设是一项系统工程,需要集聚方方面面的力量,特别需要充分发挥大自然文学在认识、教育与审美等方面潜移默化的作用,重新思考人与自然的关系,反思人类对于自然的种种行为,养成生态道德,提升生态意识,形成"绿色发展"的生产方式和生活方式,为生态文明建设提供精神支撑与舆论引导。

2.普及生态科学知识

社会发展进步了,人们已经从过去"盼温饱"到现在"盼环保",从过去"求生存"到现在"求生态"。但在"盼环保"和"求生态"的过程中,人们对"环保"和"生态"的科学知识还十分有限,在人与自然关系的认识上还有很多误区,迫切需要补课。大自然文学在生态文化大背景下,讲述人

---

① 李松:《生态文学走进现代生活》,《中华读书报》,1998 年 7 月 1 日。
② 李树明:《时代的呼唤》,《中国林业报》,1996 年 11 月 7 日。

与动物的故事、人与自然的故事,讲大地海洋的故事、星空宇宙的故事,讲宏观世界的故事、微观世界的故事……在艺术的生态故事讲述中,激发人们对自然万物的兴趣和情感、对自然奥妙的好奇和探索,加深人们对自然规律的了解和运用,运用科学知识构建人与自然和谐共生的美好前景。

3. 提升社会生态文明意识

建设生态文明需要提升社会生态文明意识。大自然文学以其多样的文学形式、生动的文学形象、真挚的文学情感和高度的文学责任,让读者在文学欣赏中主动接受生态文明教育。如前所述,大自然文学是以生态整体观为指导,以人与自然关系为审美对象,以建设生态道德和生态文化为审美内容,以绿色发展、可持续发展为审美理想,这些都对人们自然观、生态观、发展观的更新和提升,有潜移默化的积极影响。大自然文学是关于"人与自然关系"的文学,旨在提升社会生态文明意识。核心是形成"人与自然关系"的正确认识,告诉人们关于"人与自然关系"的真理:人来自自然,人在本质上是自然的一部分;自然是人类的母亲,她哺育人类成长,为人类生存发展提供所需要的一切。自然界是与人类朝夕相处的朋友和伙伴,不是任人类宰割和蹂躏的奴隶,也不是受人类控制、操纵的机器。人类今天所面临的生态问题、环境问题,完全是人类一手造成的,是人类中心主义所造成的恶果,因此,"人类应该尊重其他生物物种的生存权,要以自然界的利益为重,同自然界讲公正、讲道德、讲义务,把伦理观点扩展到生物圈乃至无机界"①。人类要想继续在这个星球上生活下去,就要正视自己的文明,保护自然、爱护自然、善待自然,与自然界平等、友好、和谐地相处,走绿色发展道路。这是人们建设生态文明应有的自然

① 钱兆华等:《自然辩证法教程》,武汉:湖北教育出版社,2000年,第103页。

观、生态观和发展观。大自然文学可以为生态文明建设创造更好的生态舆论环境，推动社会走向生态文明新时代。

## 第三节　刘先平大自然文学的生态内涵

刘先平是当代中国大自然文学创作的先驱者和中国生态道德建设的倡导者。他以四十多年的文学坚守和丰硕成果，将大自然文学引领到一个新高度。刘先平一直强调他的大自然文学创作是对生态道德的呼唤，只有树立生态道德，才能"修身济国"，实现人与自然以至整个世界的和谐。因此，生态道德可以成为我们解读刘先平大自然文学的"钥匙"。

### 一、以生态道德规范人类行为

刘先平大自然文学创作的基本主题是"呼唤生态道德"。"生态道德就是处理人与自然关系的准则。"[1]生态原本指"一切生物的生存状态"，这"一切生物"就包括"人"。因为"人"长期"不道德"地对待"一切生物"（包括人），造成人与自然关系严重对立。"正是生态道德缺失，造成了我们生存环境的危机。强调生态道德，在于强调、突出它较之于其他道德的鲜明特点——关注人与自然的关系。我们急需建立对于自然应具有的行为规范，消解环境危机，构建人与自然的和谐。这是时代向我们提出的重大命题。"[2]

---

[1]　刘先平：《跋涉在大自然文学的 30 年》，《大自然文学研究》（首卷），合肥：安徽人民出版社，2013 年，第 10 页。

[2]　刘先平：《呼唤生态道德（代序）》，《续梦大树杜鹃王》，武汉：湖北科学技术出版社，2018 年序言，第 II 页。

肩负着时代使命，以"呼唤生态道德"为主题，刘先平的大自然文学创作经历了两个时期（以儿童文学形式出现的准备时期与自觉的大自然文学时期），这是符合刘先平的创作实际的。但依据刘先平作品在不同阶段创作理念、文本叙事的变化与超越，我们依然可以将这两个时期细化为四个阶段：

发现自然阶段（1978～1988），代表作"刘先平大自然探险长篇系列"（5种）。刘先平从城市的喧闹中回归大自然的寂静，在跟随野外科考队进行生态考察中，寻趣大自然，发现大自然，以长篇探险小说的文学形式，反映生态环境遭到破坏的现实，表达热爱自然的环保意识。

讴歌生命阶段（1988～1998），代表作"东方之子刘先平大自然探险系列"（8种）。刘先平探险的足迹从安徽的自然保护区到了全国，在与大自然动植物的亲密接触中，探险大自然，亲近大自然，以图文并茂的纪实形式，记录生态危机的世界，展现生命可贵的平等价值。

呼唤生态道德阶段（1998～2008），代表作"大自然在召唤"系列（8种）。刘先平探险的足迹从皖南紫云山到了西北帕米尔高原，在探索生命之源的重大发现中，感悟大自然，反思大自然，以《呼唤生态道德》作为丛书总序，总结三十年创作经验，抒发人与自然命运与共的强烈情感。

追梦和谐阶段（2008～2018），代表作《追梦珊瑚》《续梦大树杜鹃王》等4部作品。刘先平探险的足迹从广袤的陆地到了浩瀚的海洋，在生态系统修复与重建的哲学思考中，两上高黎贡山，三下西沙群岛，以海洋科学家、守岛官兵、普通渔民为主人公，讴歌生态和谐，描绘绿色发展的美丽中国。

刘先平说："感谢大自然！40多年在山野跋涉中，大自然给予了我最生动、深刻的生态道德教育，因而无论是描写大熊猫、相思鸟世界探险的

179

长篇小说,或是讲述在野生动植物世界探险的奇遇故事,我都在努力宣扬生态道德的伟大,努力使生态道德在人们心间生根、发芽。"①

## 二、生态整体观下的环保意识

环境危机已经危及人类的生存发展,人们纷纷追究其原因并寻找解决良方。刘先平以其八十多年的人生阅历和四十多年在大自然中探险的经验,坚信文学在弘扬环保意识、建设生态文化方面有其积极作用,坚持大自然文学创作的审美探索,在"生态危机的世界里展现大自然和生命的壮美",提倡"人与自然和谐共生"的环保意识。

1978 年,刘先平创作第一部长篇大自然探险小说《云海探奇》,就是写两位少年与野生动物科考队一起考察紫云山短尾猴生态的环保故事,通过对短尾猴种群生态的记录,证明了建立紫云山短尾猴种群自然保护区的重要性和迫切性。

1979 年,刘先平创作第二部长篇大自然探险小说《呦呦鹿鸣》,书名取自《诗经·小雅》的首篇《鹿鸣》:"呦呦鹿鸣,食野之苹。"原诗描写一群鹿儿呦呦鸣叫,在原野上自由自在地吃着蒿草,一片自然和美的景象。作品中的母鹿和它的幼崽小月亮却是另一番生存状态,不仅面临弱肉强食的丛林法则,还要逃避人类偷猎者的围追堵截,生命时时处于危险中。小说以动物学家陈炳岐带领自然保护小组追踪救护小月亮母子为线索,开展对梅花鹿生态的现场记叙,展示了梅花鹿种群生态遭到破坏的真相:是人类对森林乱砍滥伐而导致自然生态失衡,让梅花鹿失去了生存的自

---

① 刘先平:《呼唤生态道德(序言)》,《续梦大树杜鹃王》,武汉:湖北科学技术出版社,2018 年,序言,第 I 页。

然环境;更有利欲熏心的人对梅花鹿惨无人道地人为猎杀。在小说中,自然保护小组通过跟踪记录小月亮母子的生活踪迹和小月亮的成长历程,形成梅花鹿种群保护的科学报告和恢复梅花鹿种群生态的科学计划,在此基础上编制出梅花鹿生态环境监测数学模型。这些文学描写,实际上是对自然生态失衡的情况进行预报。

1980 年,刘先平创作第三部长篇大自然探险小说《千鸟谷追踪》,描写几位小探险家在护林员带领下,在皖南山区追踪相思鸟、考察鸟类生态的环保故事,在故事的最后发出呼吁:"让我们共同接受由相思鸟群带回的大自然的信息,倾听大自然对人类发出信号的回答!"[①]和自然对话,与自然为友,拜自然为师,这部作品传达出了人与动植物生命的平等意识。

1981 年,刘先平创作第四部长篇大自然探险小说《大熊猫传奇》,写兄妹俩救助被独眼豹和偷猎者围困的大熊猫母子,随着情节的推进和场景的转换,向读者展示了国宝大熊猫的生活习惯和生态习性,深情呼唤普及环保意识和建立生态道德,还给大熊猫一个自然、安全、和谐的生态环境。

1987 年,刘先平将十年来探险大自然所见所闻所思所感结集为大自然探险散文故事集《山野寻趣》出版。在该书后记《热爱祖国的每一片绿叶》里,刘先平第一次谈到"文学和大自然的关系"[②],认为中国文学的自然书写可以追溯到第一部诗歌总集《诗经》,自然是文学创作永恒的母题。刘先平创作大自然文学,源自他在自然科考中"发现了大自然":"突然明白了这么多年在大自然中寻找的是什么,突然明白了自然保护、生态

① 刘先平:《千鸟谷追踪》,合肥:安徽少年儿童出版社,2008 年,第 224 页。
② 刘先平:《热爱祖国的每一片绿叶》,《大自然文学研究》(首卷),合肥:安徽人民出版社,2013 年,第 14 页。

平衡、人与自然的和谐、野生动植物世界对人类的意义……是这些科学家领我走出了'大自然属于人类'的误区。"他以十年教师经历的职业敏感和儿童文学作家的责任，"毫不犹豫决定为孩子们写作，因为他们正是自然保护事业的未来"①。

2013 年，刘先平策划并主编《生态道德读本》，呼吁"实施生态道德教育工程，着力推进生态文明建设"。该书从《中国的生态足迹》入手，写了三个方面内容：一是生态危机警示录——缺少生态道德给人类带来的灾难；二是介绍生态道德模范和人们为保护自然所做的努力；三是日常生活中的生态道德。希冀能够启发读者意识到培养、树立生态道德的紧迫性、重要性，再次重申"只有人们以生态道德修身济国，和谐之花才会遍地开放"。《生态道德读本》更好地阐释了刘先平的生态道德观，使读者能更好地理解环保意识和生态道德为什么成为刘先平大自然文学创作的本色和主题。

刘先平说："热爱大自然吧！大自然哺育了人类。随着科学的发展，人们愈来愈认识到必须爱护大自然，保护人类生活、工作的优美、良好的环境，否则人类将无法生存、无法发展！"②刘先平的大自然文学创作，从一开始就将人类命运与大自然生态联系起来，在人与自然关系的描绘中，体现了大自然文学的生态整体观：人与自然是生命与共的命运共同体；人类来自自然，自然永远是人类之母，人类不能凌驾于自然之上；人是万物之灵，人不可能退化到原始人类，自然离开人类也无所谓自然。

① 刘先平：《跋涉在大自然文学的 30 年》，《大自然文学研究》（首卷），合肥：安徽人民出版社，2013 年，第 7 页。

② 刘先平：《热爱祖国的每一片绿叶》，《大自然文学研究》（首卷），合肥：安徽人民出版社，2013 年，第 17 页。

### 三、追寻和谐共生的审美理想

生态整体观是生态审美的基础,它以人与自然整体为审美对象,以人与自然和谐共生为审美理想,突破了"人类中心主义",又不忘"万物之灵"的人类负有保护和改善生态环境的责任。刘先平大自然文学创作以生态整体观为指导,以生态审美聚焦人与自然的关系,描绘了人与自然和谐共生的生态理想,作品具有生态维度的本真美、自然美、知性美、和谐美、崇高美。

1.回归"人之初"的本真美。草本有本心,天地有大美,大自然文学就是探究"本心"与"大美"的文学。刘先平"把考察大自然看作第一重要,然后把考察、探险的所得写成大自然探险纪实,希望以真实性的魅力,给读者一个真实的奇妙的自然世界"①。在《山野寻趣》散文集里,写故乡童年的沙滩、草地、苇丛、山野、巢湖、小溪……不仅有他纯真童年的美好记忆,更有他这位"自然的热爱者"一颗不老的童心。自然总是呈现心灵的色彩。刘先平将童年的纯真复活在每一部大自然文学作品里——巢湖岸边的云雀、沙漠深处的红柳、皖南山区的千鸟谷、雪域高原的金丝猴、四川卧龙的大熊猫、西沙群岛的绿龟岛、高黎贡山的大树杜鹃王、两河(麻阳河和红渡河)流域的黑叶猴王国……这些大自然的动植物,都是刘先平的好朋友,与它们相处,刘先平如鱼得水,返老还童,在"和大自然息脉

---

① 刘先平:《跋涉在大自然文学的 30 年》,《大自然文学研究》(首卷),合肥:安徽人民出版社,2013 年,第 9 页。

相承的对话"①中，"言"天地有大美，"议"四时有明法，"说"万物有成理，②将自然生态的本真展现在读者面前，有一种草木情缘和哲理情思。

2. 热爱每一片绿叶的自然美。大自然不仅按照美的规律——自然法则——来创造自然美，而且还满足人类另一个崇高的需求：热爱美。"当你置身在大自然的怀抱时，认真地观察，你会发现它是那样地壮美，那样地富有"，激起人们"热爱祖国的每一片绿叶、每一座山峰、每一条小溪"③的情感。在《一个人的绿龟岛》里，刘先平描绘了"你从未见过的大自然之美"：形象优美、多样美和悲壮美。首先映入眼帘的是大海绚烂多彩的形象美——大海的蓝色，是一种匪夷所思的变幻美，蔚蓝、湛蓝、钢蓝、湖蓝、宝石蓝、靛青……在阳光的辉映下，又呈现出赤、橙、黄、绿、青、蓝、紫相融相映的迷离……日出时大海燃烧，辉煌灿烂；日落时万千霞光射向蓝天，多姿多彩的云霓，幻化出山峦、虎、豹等无尽的形象，映得大海如繁花似锦的草原；待明月升空，大海又如少女般娴静妩媚。海面下有着生命千姿百态的多样美——有的生命"美得惊人"，如能跳会蹦的螃蟹、飞翔的鱼群、跳摇摆舞的花园鳗；有的生命"美得你毛骨悚然"，如惹不起的海葵、碰不得的海百合、笑面杀手彩霞水母；有的生命"美得你肃然起敬"，如海龟为了延续种族，不远千里也要到出生的小岛去产卵，在被鲨鱼潜伏猎杀的最后时刻，也要闪出耀眼的红光——那是鲜血怒放的生命之花。

---

① 刘先平：《跋涉在大自然文学的30年》，《大自然文学研究》(首卷)，合肥：安徽人民出版社，2013年，第6页。

② 语出《庄子·知北游》："天地有大美而不言，四时有明法而不议，万物有成理而不说。"意思是说：天地有大美却不言语，四时有分明的规律却不议论，万物有生成的条理却不说话。

③ 刘先平：《热爱祖国的每一片绿叶》，《大自然文学研究》(首卷)，合肥：安徽人民出版社，2013年，第13页。

生命的悲壮在"生的执着"与"死的坦然"中迸发出灿烂耀眼的光芒。刘先平说:"热爱生命,尊重生命,热爱自然,保护自然,也是生态道德最基本的范畴。"①

3. 养成科学自然观的知性美。大自然是一部宏伟浩繁的百科全书,是赋予人类知识的导师。刘先平的大自然文学就是从生态视角审视大自然、传播自然知识、普及科学自然观、建立生态道德的科普读物。刘先平笔下的大熊猫、黑叶猴、金丝猴、雪豹、麋鹿、绿龟、白海豚、珊瑚礁、大树杜鹃王等动植物形象,都是他在大自然中探险的对象。他对这些动植物的生长习性和生存环境以及发生在它们身上的传奇故事和历史文化都了如指掌,作品中不仅有较为系统的动植物知识介绍,还有对动植物的生存状态和生态环境的考察记录,以及对物种保护和生态修复的哲理思考。刘先平巧妙地将大自然科学知识融入文学的人物、情节、环境和事件之中,让读者在文学阅读中潜移默化地接受知识教育,由无知到有知,由浅知到深知,由知其表到知其里,涉及自然科学和社会科学的诸多方面,最终都聚焦到养成科学的自然观,集中体现在如何科学处理人与自然的关系上。不仅推进人们自然观的变革,也将深刻改变人类的生活方式和发展方式。只有了解自然,才能善待自然,实现人类与自然和谐共生、协调发展的美好生活。刘先平的大自然文学具有信息量大、科学性强、文化味浓、立足点高的鲜明特点,体现出文学的魅力和知识的力量。

4. 追求"诗意栖居"的和谐美。诗意栖居一定是人类在自然的和谐中找到了自我的位置。人类生活要达到的目标即与自然和谐共生。"诗

---

① 刘先平:《呼唤生态道德》,《大自然文学研究》(首卷),合肥:安徽人民出版社,2013年,第24页。

185

意"源于人与自然的和谐,和谐必须建立在生态道德基础之上。刘先平说:"正是在丈量大地、探索祖国大自然的神秘中,我逐渐领悟到生态平衡的意义:首先是'人'本身的生态平衡,这主要指自身心理和生理的平衡,精神和物质的统一;再是自然界的生态平衡;最高境界则是人与自然的和谐、共荣共存——天人合一。建设良好的和谐社会,则必须建立生态道德。"①在《美丽的西沙群岛》里,作者不仅描写了西沙群岛拥有无与伦比的自然之美,还抒写了另一种至高无上的美——守岛官兵的心灵之美和人类与大海相依与共的和谐美。每个小岛都被大海环绕,最缺的是淡水。每个小岛都是一块陆地,最缺的是可以种植庄稼、蔬菜的土地。正是在反差极大的环境里,守卫建设海疆的战士和渔民,创造了另外一种震撼人心的美——令人神往的精神家园。当你踏上西沙最大的岛屿永兴岛,"爱国爱岛,乐守天涯"八个大字最先映入你的眼帘。在军港码头和营房驻地,你会看到这样的标语:"提高军人环保意识,建设一流生态军队""建设美丽的边疆,爱护我们的家园""善待地球,就是善待自己"。当朝霞映红东方的海面,整个海洋泛着金光,在大海和小岛交界处,有哨兵在站岗,有海鸥在翱翔。此时守岛官兵正在举行庄严的升旗仪式,在雄壮辽阔的国歌声中,五星红旗从战士的手中与朝阳一同升起。大海与小岛、朝阳与红旗、海鸥与哨兵已经融为一体,互为风景,这是一首激昂壮美的诗篇,又是一幅和谐完美的画卷。

5. 讴歌"时代英雄"的崇高美。"时代英雄"不仅是《美丽的西沙群岛》中"英雄岛"的官兵,还有建设中国第一座南海海洋博物馆的科学家。

---

① 刘先平:《跋涉在大自然文学的 30 年》,《大自然文学研究》(首卷),合肥:安徽人民出版社,2013 年,第 10 页。

科学家不仅是环保事业的先行者,也是引领生态时代的导师。中国环境保护事业开始于20世纪80年代,刘先平的大自然文学创作与时代同行,为科学家立传,向科学家致敬,塑造了一代又一代献身环保事业的科学家形象,他们是生态时代最可爱的人。如《云海探奇》中的动物学教授王陵阳、《千鸟谷追踪》中的鸟类学家赵青河、《大熊猫传奇》中的兽医冷秀峻、《呦呦鹿鸣》中的动物学家陈炳岐、《寻找大树杜鹃王》中的植物学家冯国楣、《黑叶猴王国探险记》中的环保专家李明晶,以及《追梦珊瑚》中"为保护珊瑚而奋斗的科学家"。在这些科学家的身上,反映了中国环境事业的进程,寄托了人与自然和谐共生的美好愿景,讴歌了科学家在建立生态道德、培养生态文化、建设生态文明、实现绿色发展进程中的责任自觉、科学自信和使命担当。

生态文明视域中的大自然文学研究,是以马克思主义的生态美学思想作为其逻辑前提与学理框架的;习近平同志"人与自然是生命共同体"的生态文明理念是我们在新时代思考"人与自然关系"这一古老哲学命题的重要理论依据,同时也是我们研究大自然文学的出发点。以安徽作家刘先平为代表的中国当代大自然文学创作者,坚持山野实地考察、跨文体写作与呼唤生态道德等,使大自然文学成为中国当代文学中具有开拓性与独特审美个性的文学流派,并自然融入新时代生态文明建设的伟大实践。自觉接受科学的生态文化理念,积极地传承中国传统文化的自然观,合理借鉴西方生态批评理论,并紧密结合大自然文学的创作实践,大自然文学研究也一定能够不断取得进展,由此而获得一种新的理论与批评形态的建构。

# 参考文献

著作(一):

1. 全国干部培训教材编审指导委员会组织编写:《推进生态文明建设美丽中国》,北京:人民出版社、党建出版社,2019 年。

2. 中共中央宣传部理论局:《新中国发展面对面》,北京:学习出版社、人民出版社,2019 年。

3. 程虹:《美国自然文学三十讲》(增订本),北京:外语教学与研究出版社,2018 年。

4. 刘华杰编:《自然写作读本》,北京:中国科学技术出版社,2018 年。

5. 赵凯主编:《大自然文学研究》第 3 卷,合肥:安徽文艺出版社,2018 年。

6. 中共中央文献研究室编:《习近平关于社会主义生态文明建设论述摘编》,北京:中央文献出版社,2017 年。

7. 习近平:《决胜全面建成小康社会　夺取新时代中国特色社会主义伟大胜利——在中国共产党第十九次全国代表大会上的报告》,北京:

人民出版社,2017年。

8.迈克尔·托马塞洛:《人类道德自然史》,王锐俊译,北京:新华出版社,2017年。

9.胡志红:《西方生态批评史》,北京:人民出版社,2015年。

10.安徽大学大自然文学研究所主编:《大自然文学研究》第2卷,合肥:安徽人民出版社,2015年。

11.《美学原理》编写组:《美学原理》,北京:高等教育出版社,2015年。

12.曾繁仁、鲁枢元主编:《生态美学与生态批评通讯》,2015年8月号。

13.陈永森、蔡华杰:《人的解放与自然的解放——生态社会主义研究》,北京:学习出版社,2015年。

14.程虹:《宁静无价:英美自然文学散论》,上海:上海人民出版社,2014年。

15.汤凌云:《中国美学通史·隋唐五代卷》,南京:江苏人民出版社,2014年。

16.袁济喜:《新编中国文学批评发展史》,北京:中国人民大学出版社,2014年。

17.汪正龙:《马克思与20世纪美学问题》,北京:高等教育出版社,2014年。

18.安徽大学大自然文学研究所主编:《大自然文学研究》(首卷),合肥:安徽人民出版社,2013年。

19.阿诺德·伯林特:《艺术与介入》,李媛媛译,北京:商务印书馆,2013年。

20. 郝清杰、孙道进主编:《生态文明建设研究成果精选》,合肥:安徽人民出版社,2013 年。

21. 列斐伏尔:《马克思的社会学》,谢永康等译,北京:北京师范大学出版社,2013 年。

22. 曾繁仁:《中西对话中的生态美学》,北京:人民出版社,2012 年。

23. 刘悦笛、李修建:《当代中国美学研究(1949 ~ 2009)》,北京:中国社会科学出版社,2011 年。

24. 王静:《人与自然:中国当代少数民族作家生态文学创作研究》,北京:中国社会科学出版社,2011 年。

25. 温迪·J. 达比:《风景与认同:英国民族与阶级地理》,张箭飞、赵红英译,南京:译林出版社,2011 年。

26. 吴冬梅:《中国画"图真"论》,北京:清华大学出版社,2011 年。

27. 曾繁仁:《生态美学导论》,北京:商务印书馆,2010 年。

28. 劳伦斯·布伊尔:《环境批评的未来:环境危机与文学想象》,刘蓓译,北京:北京大学出版社,2010 年。

29. 王国维:《王国维全集》第 17 卷,杭州:浙江教育出版社,广州:广东教育出版社,2010 年。

30. 陈鼓应:《老子注释及评介》(修订增补本),北京:中华书局,2009 年。

31. 刘华杰编:《自然二十讲》,天津:天津人民出版社,2008 年。

32. 刘成纪:《自然美的哲学基础》,武汉:武汉大学出版社,2008 年。

33. 王诺:《欧美生态批评》,上海:学林出版社,2008 年。

34. 陈望衡:《环境美学》,武汉:武汉大学出版社,2007 年。

35. 卡尔松:《环境美学:自然、艺术与建筑的鉴赏》,杨平译,成都:四川人民出版社,2006 年。

36.曾繁仁主编:《人与自然:当代生态文明视野中的美学与文学》,郑州:河南人民出版社,2006 年。

37.阿诺德·伯林特:《环境美学》,张敏等译,长沙:湖南科学技术出版社,2006 年。

38.鲁枢元:《生态批评的空间》,上海:华东师范大学,2006 年。

39.谭旭东:《重绘中国儿童文学地图》,西安:西北大学出版社,2006 年。

40.彭锋:《完美的自然》,北京:北京大学出版社,2005 年。

41.任俊华、刘晓华:《环境伦理的文化阐释——中国古代生态智慧探考》,长沙:湖南师范大学出版社,2004 年。

42.王诺:《欧美生态文学》,北京:北京大学出版社,2003 年。

43.马克思、恩格斯:《马克思恩格斯全集》第 3 卷,北京:人民出版社,2002 年

44.康德:《判断力批判》,邓晓芒译,北京:人民出版社,2002 年。

45.冈村繁:《历代名画记译注》,上海:上海古籍出版社,2002 年。

46. Malcolm Budd, *The Aesthetic Appreciation of Nature*, Oxford University Press, 2002.

47.杨佑兴、夏玮:《人与自然和谐发展》,北京:中国环境科学出版社,2001 年。

48.马尔库塞:《审美之维》,季小兵译,桂林:广西师范大学出版社,2001 年

49.阿诺德·汤因比:《人类与大地母亲:一部叙事体世界历史》,徐波等译,上海:上海人民出版社,2001 年,第 529 页。

50. 曾永成:《文艺的绿色之思——文艺生态学引论》,北京:人民文学出版社,2000 年

51. 徐恒醇:《生态美学》,西安:陕西人民出版社,2000 年。

52. 丁四新:《郭店楚墓竹简思想研究》,北京:东方出版社,2000 年。

53. 李文波:《大地诗学:生态文学研究绪论》,西安:陕西人民出版社,2000 年。

54. 易健:《人的诗化与自然人化》,海口:南方出版社,2000 年。

55. 王学谦:《自然文学与 20 世纪中国文学》,长春:吉林大学出版社,1999 年。

56. 束沛德主编:《人与自然的颂歌——刘先平大自然探险文学评论集》,合肥:安徽少年儿童出版社,1999 年。

57. 马克思、恩格斯:《马克思恩格斯选集》第 4 卷,北京:人民出版社,1995 年

58. 俞剑华:《中国古代画论类编》,北京:人民美术出版社,1998 年。

59. 大卫·戈伊科奇等编:《人道主义问题》,杜丽燕等译,北京:东方出版社,1997 年。

60. Lawrence Buell, *The Environmental Imagination*:*Thoreau*,*Nature Writing*,*and the Formation of American Culture*. Cambridge:Harvard University Press. 1995.

61.《朱光潜全集》第 7 卷,合肥:安徽教育出版社,1991 年

62. 什克洛夫斯基等:《俄国形式主义文论选》,北京:生活·读书·新知三联书店,1989 年。

63. 童天湘:《新自然观》,北京:中共中央党校出版社,1988 年。

64. 周振甫:《〈文心雕龙〉今译》,北京:中华书局,1986 年。

65.陈鼓应:《〈庄子〉今注今译》,北京:中华书局,1983年。

66.北京大学哲学系:《西方哲学原著选读》(上册),北京:商务印书馆,1983年

67.何文焕辑:《历代诗话》,北京:中华书局,1981年。

68.《历代书法论文选》,上海:上海书画出版社,1979年。

**著作(二):**

1.刘先平:《云海探奇》,北京:中国少年儿童出版社,1980年。

2.刘先平:《呦呦鹿鸣》,北京:人民文学出版社,1981年。

3.刘先平:《千鸟谷追踪》,北京:中国少年儿童出版社,1985年。

4.刘先平:《大熊猫传奇》,北京:人民文学出版社,1987年。

5.刘先平:《山野寻趣》,合肥:安徽少年儿童出版社,1987年。

6.刘先平:《走进帕米尔高原》,合肥:安徽少年儿童出版社,2008年。

7.刘先平:《美丽的西沙群岛》,济南:明天出版社,2012年。

8.刘先平:《追梦珊瑚》,武汉:长江少年儿童出版社,2017年。

9.刘先平:《一个人的绿龟岛》,北京:天天出版社,2017年。

10.刘先平:《续梦大树杜鹃王》,武汉:湖北科学技术出版社,2018年。

**论文:**

1.刘震:《重思天人合一思想及其生态价值》,《哲学研究》,2018年第6期。

2.王中江:《中国"自然"概念的源流和特性考论》,《学术月刊》,2018年第9期。

3. 张清俐:《透过生态美学寻求"诗意地栖居"——曾繁仁教授的学术人生》,《中国社会科学报》,2018 年 9 月 3 日。

4. 曾繁仁:《发展生态美学,建设美丽中国》,《人民日报》,2018 年 6 月 22 日。

5. 刘心恬:《中国当代艺术的生态审美意识》,未发表,载《中华美学学会 2018 年年会论文集》。

6. 程相占:《生态审美学与审美理论知识的有效增长》,未发表,载《中华美学学会 2018 年年会论文集》。

7. 赵凯、张玲:《马克思、恩格斯"劳动说"中的生态审美意识探讨》,《安徽大学学报》(哲学社会科学版),2018 年第 6 期。

8. 徐立伟:《马克思主义人学思想视域下先锋小说审美批判》,《云南社会科学》,2018 年第 2 期。

9. 韩清玉:《对自然文学之哲学基础的反思与重构》,《西南民族大学学报》(人文社会科学版),2017 年第 2 期。

10. 周维山:《试论中国生态美学的学科定位——从中西生态美学比较的角度》,《文化研究》,2017 年第 4 辑。

11. 韩进:《大自然文学又一座山峰——读刘先平的〈追梦珊瑚〉》,《光明日报》,2017 年 6 月 1 日。

12. 赵奎英:《论自然生态审美的三大观念转变》,《文学评论》,2016 年第 1 期。

13. 章辉:《马尔科姆·布迪的自然审美理论》,《南京社会科学》,2016 年第 2 期。

14. 周黄正蜜:《康德论美与道德的关联》,《世界哲学》,2015 年第 5 期。

15.周维山:《生态审美如何可能——中国当代生态美学的理论困境探析》,《文艺理论与批评》,2015年第3期。

16.陈望衡:《再论环境美学的当代使命》,《学术月刊》,2015年第11期。

17.毛宣国:《伯林特对康德"审美无利害"理论批判辨析》,《郑州大学学报》(哲学社会科学版),2015年第6期。

18.潘知常:《生态问题的美学困局——关于生命美学的思考》,《郑州大学学报》(哲学社会科学版),2015年第6期。

19.陈望衡:《环境美学是什么》,《郑州大学学报》(哲学社会科学版),2014年第1期。

20.高建平:《美学的超越与回归》,《上海大学学报》(社会科学版),2014年第1期。

21.程相占:《论生态审美的四个要点》,《天津社会科学》,2013年第5期。

22.彭锋:《如画概念及其在环境美学中的后果》,《郑州大学学报》(哲学社会科学版),2012年第5期。

23.贺来:《"主体性"批判的意义及其限度》,《江海学刊》,2011年第3期。

24.代迅:《审美态度的恰当性:中国当代美学的自然美》,《社会科学战线》,2011年第11期。

25.彭锋:《环境美学与超人类立场》,《哲学动态》,2011年第3期。

26.曾繁仁:《论生态美学与环境美学的关系》,《探索与争鸣》,2008年第9期。

27.刘悦笛:《自然美学与环境美学:生发语境和哲学贡献》,《世界哲学》,2008 年第 3 期。

28. 彭锋:《环境美学的审美模式分析》,《郑州大学学报》(哲学社会科学版),2006 年第 6 期。

29. 曾繁仁:《当代生态文明视野中的生态美学观》,《文学评论》,2005 年第 4 期。

30. 彭锋:《环境美学的兴起与自然美的难题》,《哲学动态》,2005 年第 6 期。

31. 王诺、宋丽丽、韦清琦:《生态批评三人谈》,《三峡大学学报》(人文社科学版),2005 年第 6 期。

32. 曾繁仁:《试论生态美学》,《文艺研究》,2002 年第 5 期。

33. 陈望衡:《生态美学及其哲学基础》,《陕西师范大学学报》(哲学社会科学版),2001 年第 2 期。

34 朱光潜:《美必然是意识形态性的——答李泽厚、洪毅然两同志》,《学术月刊》,1958 年 1 月号。

# 后　记

　　本书是以安徽省哲学社会科学规划重点项目"生态文明视域中的'大自然文学'研究"的结项成果为基础定稿出版的,项目批准号:AHS-KZ2016D23;结项证书号:2019283。因此该书的出版首先要感谢安徽省哲学社会科学规划办的扶持与资助;同时也要感谢各位评审专家的认同与鼓励。

　　本书是集体合作的成果。具体分工如下:第一章:赵凯、张玲;第二章:韩清玉;第三章:徐立伟;第四章:张娴;第五章:韩进。赵凯拟定全书提纲并统稿。感谢安徽文艺出版社段晓静社长对本书的支持,也感谢责编宋晓津、成怡女士。